पीपलटोले के लौंडे

यह दास्तान एक बैंक डकैती की है और
तीन अजीब-सी प्रेम कहानियों की

ईशान त्रिवेदी

पीपलटोले के लौंडे

यह दास्तान एक बैंक डकैती की है और
तीन अजीब-सी प्रेम कहानियों की

फंडा
राधाकृष्ण का उपक्रम

ISBN : 978-81-8361-962-2

मूल्य : ₹ 125

पहला संस्करण : 2020

राधाकृष्ण का उपक्रम

प्रकाशक
राधाकृष्ण प्रकाशन प्रा. लि.
जी-17, जगतपुरी
दिल्ली-110 051

शाखाएँ
अशोक राजपथ, साइंस कॉलेज के सामने, पटना-800 006
पहली मंजिल, दरबारी बिल्डिंग, महात्मा गांधी मार्ग, इलाहाबाद-211 001
36 ए, शेक्सपियर सरणी, कोलकाता-700 017
वेबसाइट : www.radhakrishnaprakashan.com
ई-मेल : info@radhakrishnaprakashan.com

मुद्रक : बी.के. ऑफसेट
नवीन शाहदरा, दिल्ली-110 032

PIPAL TOLE KE LAUNDE
Novel by Ishan Trivedi

माँ को—जिसकी कोई शिकायत मैंने कभी दूर नहीं की

पापा को—जिन्होंने कभी कोई शिकायत की ही नहीं

और

अलका को—जिसने शायद शिकायत करना अब छोड़ दिया है

1974

कल चार बँगले से सब्ज़ियाँ खरीदते समय एक चूड़ीवाले की दुकान पे टँगे छुन्नन उस्ताद के माँजे वाली चरखियाँ देखकर मज़ा आ गया। मुम्बई में मेरे क़स्बे का ये पहला असर देखा मैंने। बसन्त पंचमी के आसपास जब हम पतंगों के जुनूनी हो जाते थे तो छुन्नन उस्ताद का माँझा उँगलियों पे थमी सद्दी को भी हथियार बना देता था। पिसे हुए काँच के किरचों से सना ये माँझा अनाड़ियों को भी खिलाड़ी बना देता था। दो आने का सिर्फ़ 10 बालिश्त—हर कोई इसे ख़रीद भी नहीं सकता था। पर इसकी मार इतनी सटीक थी कि जब महीप चौबे ने अपनी वासना-चिट्ठी को अन्नो की छत पे उतारने का प्लान बनाया तो छुन्नन उस्ताद के माँझे का ही इस्तेमाल किया गया। ये क़िस्सा उस समय बहुत मशहूर था कि कैसे महीप ने साँप भी मारा और लाठी भी नहीं टूटने दी। हिन्दी के छमाही में जब 'साँप भी मरा और लाठी भी नहीं टूटी' वाली कहावत पे निबन्ध लिखने के लिए मिला तो मैंने इसी क़िस्से को लिख मारा था। ये अलग बात है कि हमारे हिन्दी के 'चिकोटी' मास्साब को सिर्फ़ मर चुके या क़ब्र में पैर लटकाए लेखकों से ही मतलब था। सातवीं में पढ़ने वाला एक बच्चा अगर कल्पनाशील हो रहा है तो ये उन्हें बर्दाश्त नहीं था। भरी क्लास में मुझे खड़ा करके उन्होंने मुझे धमकी

दी—"आपने जो लिखा है क्या मैं वो सबको पढ़ के सुनाऊँ?" मुझे अपने लिखे पे कोई शर्म नहीं थी लेकिन महीप का छोटा भाई मेरी ही क्लास में था और बाम्मनों के उस मोहल्ले में चौबे-पुत्तर बेवजह की मारपीट के लिए जाने जाते थे। साइकिल की चेन से मेरी खाल लहूलुहान हो रही है—भविष्य में छिपे इस सम्भावित दृश्य ने मेरी आँखों को सर्द कर दिया था जिसे मेरी आँखों की शर्म जानकर मास्साब ने मुझे माफ़ कर दिया। फिर मुझे अपने पास बुलाकर पेट में चिकोटी काटी। सातवीं के बच्चे दबी ज़ुबान में खिल-खिल किए और इस तरह से मामला रफ़ा-दफ़ा हो गया। महीप चौबे ने उस चिट्ठी में क्या लिखा था इसके बारे में बस कयास ही लगाए जाते रहे। किसी ने कहा कि उस चिट्ठी में महीप ने माधुरी में छपी लक्स का विज्ञापन करने वाली हीरोइनों के फ़ोटो काटकर लेई से चिपकाए थे और लाल पेन से उनके चुनिन्दा अंगों को लाल घेरों से उकेर दिया था। किसी ने कहा कि महीप ने चिट्ठी की शुरुआत करते हुए लिखा था—"सीसी भरी गुलाब की पत्थर से तोड़ दूँ/तेरी गली न छोडूँ दुनिया को छोड़ दूँ।" लेकिन सबसे सनसनीखेज दावा था गिरधर पांडे का जो महीप चौबे का चेला था और जिसने अभी-अभी रमपुरिया चाकू खरीदा था। उसका कहना था कि चौबे दद्दा ने ये चिट्ठी अपने वीर्य और ख़ून से लिखी थी। मुझे आज तक ये कॉम्बिनेशन समझ नहीं आया लेकिन कड़कड़ाती ठंड के उस मौसम में पूरा क़स्बा इस दावे की आँच में हाथ सेंक रहा था।

***

बाम्मनों के मोहल्ले में एक-दूसरे को काटती 5 गलियाँ थीं और हर गली एक बड़े अहाते वाले घर तक पहुँचती थी। अहाता इतना बड़ा था कि मोहल्ले के लोग शादी-ब्याह जैसे बड़े कामों के लिए कनातें वहीं बँधवाते। कुछ साल पहले तक उस अहाते में दो हाथी भी रहते थे। अहाते से जुड़ा हुआ एक मन्दिर था जो डेढ़ सौ साल पुराना था। कहते हैं कि कोई 40 साल पहले एक अंग्रेज़न इस मन्दिर के फ़ोटो खींच के ले गई थी और किसी 'टैम' नाम की किताब में वो फ़ोटो छपे भी थे। मन्दिर की छोटी ईंटों पे काई जमी रहती और दीवारों से पीपल के पेड़ उगा करते जिनके बड़े होने से पहले ही असीदुल्ला खाँ की

आवारा बकरियाँ चट कर जातीं। मज़हबी दोस्ताने का इससे बड़ा उदाहरण ढूँढ़े नहीं मिलेगा। ये अहाता, ये मन्दिर और उसके पीछे ध्वस्त होता एक विशाल घर बैगन महाराज का था। ये वो ज़माना था जब लोगों को बड़ी आसानी से चिढ़ा लिया जाता था। आजकल तो किसी को चिढ़ाना भी शतरंज खेलने जैसा हो गया है। बैगन महाराज को ऐसा इसलिए कहा जाता था क्योंकि वो बैगन से चिढ़ते थे। ऐसे ही पूरब वाली गली में सूखे कुएँ से सटे घर में रहने वाले चचींड़ा चौबे चचींड़े से चिढ़ते थे लेकिन वो इतना चिढ़ते थे कि इसी चक्कर में अपनी जान दे बैठे। ख़ैर ये क़िस्सा फिर कभी।

अन्नो बैगन महाराज की अकेली बेटी थी। लेकिन महीप को उसके बाप की इस ध्वस्त हो रही जायदाद में नहीं बल्कि उसकी तेज़ी से आबाद हो रही जवानी में दिलचस्पी थी। महीप ने होश सँभालने के बाद मोहल्ले में बहुत-सी लड़कियों को जवान होते देखा था लेकिन अन्नो का जवान होना उसे एक क्रान्तिकारी घटना लगती थी। अब उसके मन की बात वोई जाने लेकिन वो अन्नो पे ऐसा फ़िदा हो गया कि उसे कुछ और सूझता ही नहीं था। बैगन महाराज को भी पता था कि मोहल्ले के छिछोरों की निगाहें अन्नो पे हैं। महीप को पता था कि बैगन महाराज के पास उनके पुरखों वाली दुनाली है जिसके बचे हुए कारतूस वो गाहे-बगाहे गिनते रहते थे। और दिक़्क़त इस बात की नहीं थी कि किसको क्या पता था। सबसे बड़ी दिक़्क़त तो ये थी कि महीप को नहीं पता था कि अन्नो का ऊँट किस करवट बैठेगा। अन्नो और महीप का जब भी क़स्बे की गलियों में या हाट-बाज़ार में सामना होता तो वो महीप को देखकर मुस्कुराती। सुमन चाची की लड़की के ब्याह में तो कमाल ही हो गया जब क़स्बे की छिछोरी-परम्परा का पालन करते हुए महीप सन्तरे का अद्धा उड़ेलकर मन्दिर के पिछवाड़े वाली कनात में सिगरेट के छल्ले बगेल रहा था। मोहल्ले के बच्चे (मैं भी) उसके इस हुनर को ऐसे ताक रहे थे जैसे दो सूँड़ वाला हाथी देख लिया हो। तभी झमाझम गहने पहनी अन्नो आई और महीप से बोली—"आद लद दाएगी...आद!" महीप को कुछ समझ ना आया—"क्या?" "आद! आद!! थूथी पुआल बिथि ए... तिगरेट गिल गई तो आद लद दाएगी।" महीप को उस समय ये तो समझ नहीं आया कि उसकी चाहत तुतलाती है लेकिन जब उसने दो क़दम भर

के अन्नो के सुर्ख लिपस्टिकी चेहरे पे छल्ले उड़ाए तो अन्नो आँखें तरेर के ऐसे मुस्कुराई जैसे कह रही हो—"कतम ते मदीप दल्दी तरो...तिति और ते ना हो दाएँ अम।" और फिर डेढ़ महीने भी नहीं बीते थे कि अन्नो के ऊँट ने करवट बदल ली। चैती के मेले में अन्नो जसपुर के गुड्डू बाजपेई के साथ आलू के परांठे उड़ाती पकड़ी गई थी। ख़ैर, गुड्डू को तो मारपीट के समझा दिया गया कि बेटा जिस खेत के आलू हों परांठे भी उसी खेत वाले को खाने दो लेकिन अन्नो ने ग़ुस्से में आकर फिर छह महीने तक महीप की तरफ़ देखा भी नहीं। और एक दिन आया जब अन्नो की उदासीनता महीप के बर्दाश्त से बाहर हो गई।

***

उधर छुन्नन सिद्दीक़ी पतंगबाज़ी के उस्ताद का दर्जा हासिल करने लगे थे। उनकी हिम्मत इतनी कि कायस्थों, सुनारों और भड़भूजियों का मोहल्ला पार कर के वो धतूरे वाले मैदान में आ जमते और बाम्मनों के लौंडों से पेच लड़ाते। पिछली बसन्त पंचमी का रिकॉर्ड तो ऐसा कि पूरा महीना सबकी काटी और उनकी वो हरे चाँद वाली काली पतंग आसमान छोड़कर तभी उतरी जब छोटे भाई ने आके बताया कि अब्बा का इन्तकाल हो गया। बाप का धन्धा था चूड़ियों का। फैज़ाबाद से चूड़ियों का छक्का लाते और घूम-घूम के औरतों को चूड़ियाँ पहनाते। छुन्नन की उस्तादी पे लगाम लग गई। फेरियाँ लगाती आवाज़ में सिर्फ़ चिल्लाहट होती। औरतें कहतीं—मियाँ, थोड़ी मिसरी घोलो गले में...चूड़ियाँ बेच रहे हो कोई बम का गोला नहीं। छुन्नन का हाथ भी ऐसा सख़्त कि औरतों की कलाइयाँ सुर्ख हो जातीं। ज़मीन पे बैठ के चूड़ियाँ पहनाते और आँखें ऊपर आसमान में टँगी रहतीं। ये वोई आसमान था जहाँ कभी उनका हरा चाँद राज किया करता था। जिनके मर्द पेच का 'पे' भी नहीं जानते थे आज वो 'तू-तड़ाक' के बग़ैर बात भी नहीं करती थीं। बिना बाप के घर में अब उसकी पीठ पे दो छोटे भाई और एक बहन थी और जोड़-जोड़ से थकी एक माँ। तो मन मसोस के रह जाता। एक दिन अलस्सुबह नींद खुल गई। लगा जैसे सीने पे कोई चढ़ा बैठा है। टिन के सन्दूक पे रखी बुझती हुई

ढिबरी की रोशनी में हिलती हुई अपनी ही परछाईं दिखी। फिर परछाईं से हाथ बाहर आए जैसे कोई परिन्दा उड़ने से पहले अपने पंख हिलकोरता है। वो डोर ही थी ना जो उँगलियों से फिसल रही थी। कई सालों तक लोग कहते रहे कि ये सपना नहीं था। कमरे की छत पे छुन्नन की परछाईं वाकई में पतंग उड़ा रही थी। अगर महज सपना होता तो क्यों उसी दिन रामपुर के नवाब मिक्की मियाँ के लोग उसे ढूँढ़ते हुए आते। इधर छुन्नन की परछाईं पतंग उड़ा रही थी उधर लिहाफ़ में पड़े महीप चौबे का धारीदार कच्छा गीला हो रहा था।

हर रात के इस चिपचिपेपन से परेशान महीप चौबे ने तय किया कि अन्नो का कुछ करना पड़ेगा। ऐसा नहीं कि उसने कभी कोशिश नहीं की थी लेकिन महीप अन्नो को अपनी लुगाई के तौर पे नहीं देख पाता था। उसे पता नहीं हमेशा क्यों लगा कि अन्नो का हुस्न उस गुड़ के ढेली की तरह चूता हुआ सा है जिसे बस अभी-अभी पाथा गया हो। ऐसी लड़की दूसरों की हो बस तभी अच्छी लगती है। अन्नो को 'उठा' लेने में भी बहुत से झंझट थे। हाल-फ़िलहाल ही क़स्बे के दरोगा से उसकी झड़प हुई थी और वो इकसितारा ठुल्ला इस फ़िराक़ में था कि कब महीप कुछ रंडियापा करे और कब वो उसकी पिछाड़ी में डंडा डाल के पूरे गंज में घुमाए। अन्नो का चचेरा भाई गिरीश 'नक्सलैट' था और अभी-अभी एक शुगर क्रेशर के मालिक की हत्या में उसका भी नाम उछला था। इन सब मुश्किलों से तो महीप फिर भी निबट लेता लेकिन उसने हमेशा अन्नो को अपनी बाँहों में लरजते हुए देखा था। 'कि हम तुम चोरी से...बँधे एक डोरी से...'—ज़माने को धता बताते हुए जब एक लड़की चोरी-चोरी आए और समा जाए तो...महीप की आँखों के सामने ये मंजर कितनी ही बार ऐसे घूमा होगा जैसे तेज़ हवा में पतंग की चरखी लिपटती है। लेकिन तब उसे याद आती वो अन्नो जो चैती के मेले में पराए क़स्बे के पराए लौंडे के साथ आलू परांठा भकोस रही थी...वो अन्नो जो गुड्डू का हाथ पकड़ के छातियाँ उछाल-उछाल कर हँस रही थी...और तब वो सोचने लग जाता कि जिसकी चाहत उसे बार-बार गीला कर जाती है क्या वो लड़की एक परांठे पे बिक सकती है।

***

सुबह के 9 बजे तक कुछ नहीं हुआ। धुँधाती छतें ख़ाली थीं और कहीं-कहीं लकड़ी वाले चूल्हों का नीला धुआँ कुहासे से लड़ रहा था।

लिहाफ़ में उकड़ूँ बैठे छुन्नन सिद्दीक़ी ने लगभग तय कर लिया था कि आज वो बाहर नहीं निकलेगा। ऐसे मौसम में कौन औरत होगी जो उसकी आवाज़ सुन के बाहर निकलेगी। और निकली भी तो पहले उसकी कलाइयों से दो-दो सूटर हटाओ। "हाय-हाय क्या करता है छुन्नन! कित्ता तो जाड़ा है।" कोई-कोई तो एकदम बेशरम। सूटर हटाते ही ऐसे उछलेगी जैसे केवाँच की फली छू गई हो—"सीईइह्यह्यह्यह्यह्यह्यह्यह्यह्य!!! इत्ते जाड़े में भी उतारेगा क्या?" वैसे छुन्नन इतना तो समझ ही गया था कि जनानियों के इस धन्धे में इतना तो सुनना पड़ेगा। लेकिन ज़रा सा भी फिसले तो वोई हाल होगा जो चमन लाला का हुआ।

'आर्य समाज शिशु मन्दिर' में 'क-ख-ग-घ' पढ़ाने वाली एक मास्टरनी चमन लाला की दुकान से दाल-चावल-मसाले लेती थी। लाला राशन के अलावा क्रीम-पाउडर-बिन्दी भी रखते थे। हाट के रोज़ आसपास के गाँवों से आने वाली औरतें ये चलताऊ माल ख़रीद के ले जातीं। एक दिन मास्टरनी पाँच किलो मूँग की दाल तुलवा रही थी तो चमन लाला बोले—"एकदम नया ऐटम आया है...एक ही पत्ते में छै रंग की बिन्दी हैं...बोलो तो दिखाऊँ?" मास्टरनी ने कहा दिखाओ। लाला ने दुकान के गोदाम से निकाल के एक पत्ती सामने रख दी और बोले—"एक मेरी तरफ़ से लगा के देख लो..." मास्टरनी मुस्कुरा के बोली कि तुम ही लगा दो। चमन लाला को यहीं पे थम जाना था। भई चीज़ लेनी है तो लेयो नहीं तो रास्ता नापो। लेकिन चमन लाला नहीं थमे तो नहीं थमे। झाँक के आसपास देखा। दोपहर का टैम—क़स्बा खा-पी के अँगड़ा रहा था। चमन लाला ने पत्ती से लाल बिन्दी नोची और मास्टरनी के माथे पे चिपका के बोले—"एकदम 'शर्मीला' लग रही हो कश्मीर की कली वाली..." जब कोई फिसल रहा होता है तो पता नहीं चलता। फिसल गए तब पता चलता है जब धड़ाम से गिरते हैं और मुँह से निकलता है—'ओईई अम्मा!!' और अक्सर अम्माएँ होतीं नहीं आसपास उठाने के लिए। मास्टरनी गालों पे गुलाब खिला के बोली—"हमें कैसे पता कि कौन सी कली लग रहे हैं हम..." सामने केले का छिलका देख के भी चमन लाला थे कि थमने का

नाम ही नहीं ले रहे थे। बोले—"तो खुदई देख लो..." मास्टरनी आँखें फैला के बोली—"देख तो लें लेकिन कहाँ?" किसी पिच्चर में सुना था तो दाग दिया लाला ने—"हमारी आँखों में देख लो..." एक सेकंड को तो मास्टरनी लाला को देखती रही फिर ऐसी हँसी ऐसी हँसी कि पल्ले के पास रखी बाजरे की बोरी पे बैठे कबूतर भी उड़ गए। "तेरी आँखों में तो कुछ ना दिखै लाला... कोई सीसा हो तो बता..."—मास्टरनी अब 'आप' से 'तू' पे आ गई थी। लेकिन लाला को इसमें अपनापन दिखाई दिया। मास्टरनी के सामने ही बेचने वाले कई आईने टँगे थे लेकिन लाला बोला—"अन्दर चलो तो सब कुछ दिखा दूँ..." गोदाम में ले जाके कन्धे पे हाथ रखा ही था कि मास्टरनी ने गला नाप लिया—"इत्ता शोर मचाऊँगी इत्ता...कि कोई ग्राहक ना आएगा तेरे दरवज्जे पे...।" कहते हैं कि चमन लाला ने अपनी धोती में ही हग दिया। कहते तो ये भी हैं कि चार साल हो गए इस बात को और आज तक चमन लाला की दुकान से मास्टरनी के घर पे मुफत का राशन आता है हर महीने। वो दिन था और आज का दिन है। चमन लाला ने न तो बिन्दी बेची और न ही आईने।

छुन्नन ने लिहाफ़ परे बगेला और उठ के खड़े हो गए। आज इतवार है। कमाई वाला दिन। ऐसे आलस करोगे तो कैसे चलेगा।

***

उन दिनों सड़कों पे बस तीन ही गाड़ियाँ दिखती थीं। फिएट और अम्बेसडर—ये दोनों हमारे क़स्बे में दो-दो थीं। और जीप जो मुझे ढंग से याद नहीं पर शायद चार-पाँच रही होंगी शौक़ीन लोगों के पास। स्कूल में 9 की घंटी बजी। तिकोनिया पे काशीपुर और मुरादाबाद की बसें पकड़ने के लिए खड़े लोगों का कहना था कि उन्हें धुंध को चीरती एक सुनहरी गाड़ी दिखाई दी।

"वो दिखी...और साब! सच कै रिया ऊँ...वो जन्नत की हूर...जैसे-जैसे आगे बढ़ी वैसे-वैसे कोहरा फटता चला गया...ठीक मेरे पास आके रुकी... होगा येई कोई डेढ़ फुट का फ़ासला...साला ऐसा चमके सूरज उसकी गाड़ी पे...कि आँखें झपझपा दीं...फिर वो खिड़की का काँच उतार के बोली... ठाकुरद्वारा यही है?"

फिर नज़ाकत अली एक रहस्य भरा पॉज़ ले लेते। उनसे सैकड़ों बार ये क़िस्सा सुन चुके लोगों की हालत 'छछूँदर, न उगली जाए न निगली जाए' वाली होती। उनका दिल करता कि वो खींच के लगाएँ चौपाटा नज़ाक़त के थोबड़े पे। लेकिन अभी जो आगे आने वाला था वो बहुत सनसनीख़ेज़ था।

"मेरी तो बोली न निकली...साधना है कि बबिता...एकदम वैसई बाल... आँखों पे काला चश्मा...और वैसई कपड़े...ये यह आआआँ तक बटन खोल के शरट..." नज़ाक़त अली छाती की पसलियों के नीचे हाथ लगाते और जब सुनने वाले छी-छी-छू-छू जो करते तो नज़ाक़त अली भड़क जाते—"रहोगे साले तुम सब गँवार ही...अरे जिस पे फबता है वो क्यों न पहने?"

ये रामपुर के नवाब मिक्की मियाँ की भतीजी थी। इंग्लैंड से पढ़ के लौटी थी लेकिन पतंगों का शौक़ था। काँच सने माँझे से रामपुर भी परिचित था लेकिन छुन्नन के माँजे के चर्चे वहाँ तक भी पहुँच गए थे। जानकार लोगों का मानना था कि छुन्नन अपने माँझे में काँच के अलावा कुछ और भी मिलाते हैं। और ये 'कुछ और' क्या है यही जानने के लिए शमीना बानो रामपुर के दो उस्ताद पतंगबाज़ों के साथ 'रॉल्स रॉयस गोल्डन क्लाउड—मॉडल 1971' चलाती हुई छुन्नन से मिलने आई थी।

***

स्कूल में 9 की घंटी बजी तो कोहरा छँटने लगा और सूरज दिखने लगा। अन्नो मूँग-उड़द की बड़ियाँ सुखाने छत पे आ गई। उसने चारों तरफ़ नज़र दौड़ाई लेकिन अभी तक उसके दीवाने घरों के भीतर लिहाफ़बन्द थे। बस एक चौबों की छत पे कम्बल से लिपटा कोई खड़ा था। अगर ये महीप था तो अन्नो ने उसकी तरफ़ देखना भी नहीं था—"एत-दो बार मुतकराते क्या देत लिया बाप ता माल तमतता ऐ?" अगर इतना ही इश्क़ चढ़ा है तो चैती के मेले से ख़ुद खरिदवा देता पौंड वाली क्रीम। जब पूछा था महीप ने कि चैती चलेगी तो अन्नो ने मुँह खोल के बोल भी दिया था—"बत दुमाने ले दाएगा या कुत दिलवाएदा भी?" "हाँ-हाँ, जो लेना है ले लियो" बोल के भी तीन दिन बीत गए चैती के और पूछने भी ना आया। अब जसपुर वाला गुड्डू अपनी बहन

के लड़के के मुंडन पे आया और लिवा ले गया चैती तो उसी का मुंडन कर डाला। वो बेचारा तो क्रीम भी दिलवाई और पूछा भी—"और कुछ तो नहीं चाहिए अन्नो?" दिल तो था की पौडर भी ले लेती लेकिन दोनों कहाँ-कहाँ छिपाती फिरेगी घर में—ये सोच के ना कर दिया। "वो लेगी वो देख उधर...?" वो पीछे लगे एक खोमचे की तरफ़ इशारा कर रहा था। अन्नो ने घूम के देखा तो मुँह से 'धत्" निकला। ऐसी चीज़ें कोई लड़की भला किसी लड़के के संग खरीदै? लेकिन आलू परांठे के लिए वो मना नहीं कर पाई।

आज सुबह से अन्नो का दिमाग़ वैसे भी भन्ना रहा है। कल शाम से ही गिरीश धमका हुआ था। जब भी गिरीश घर आता है तो छीछालेदर मचा के रख देता है। पता नहीं कहाँ-कहाँ की ईरान से तूरान वाली बातें। किसान मज़दूर ग़रीब जुलाहे—जैसे सारी दुनिया का भला अपने ही नाम लिखा के लाया है। बाउजी तो उसे एकदम पसन्द नहीं करते। कहते हैं, अच्छा-ख़ासा था पढ़ने-लिखने में। जब से दिल्ली के पता नहीं कौन से 'जौर लाल' स्कूल से पढ़ के लौटा बस पगला ही गया है। सुरजननगर के राजा के यहाँ राज-पुरोहित थे हमारे परदादा। ख़ुश होके 501 बीघा ज़मीन दी थी। एक तो दादा जी ने रंडियापे में लुटा दिया सब कुछ और अब ये आए हैं तूतनखामन की औलाद। बम फोड़ के दुनिया बदलेंगे। गिरीश भी ऐसा कि जानबूझकर उँगली करेगा—'ताऊ जी...बख़त रहते छोड़ दो अपना ये बाम्मन-पंचाल...हम जब आएँगे तो बाम्मनों को उन्हीं के जनेऊ से फाँसी मिलेगी।' बताओ भला? कोई करेगा ऐसी बात अपने ताऊ से? एक दिन लगा अन्नो को ही शिक्षा देने—'तू जो ये पौडर क्रीम लगाती है...कभी सोचा कि मज़दूरों की लुगाइयों को खाना भी नहीं मिलता कभी-कभी।' वाह जी वाह! मैं क्रीम न लगाऊँ तो मिल जाएगा खाना उन्हें? एक दिन लगा बाउजी से बहस लड़ाने। आदमी चाँद पे पहुँच गया। अब बताओ ये भी कोई बात हुई। चाँद हैगा वोह्यह्यह्यह्यह्य...आसमान में। आदमी में क्या सुर्ख़ाब के पर लगे हैं कि जहाँ चाहे पहुँच जाए। कित्ता प्यारा सा तो लगता है करवा चौथ के दिन। पहुँचना ही है तो हम औरतों के दिल से होके पहुँचो। हमारे दिल में रहता है वो चाँद। सुमन दिद्दी की तो जिनगी चौपट कर दी। पहले तो अपनी ऊलजलूल कविताएँ सुना-सुना के उनसे 'आई लव यू" कहलवा लिया और अब कहता है शादी नहीं करेगा। शादी एक 'बूरझुआ

कन्सेप्ट' है। पता नहीं क्या होता है वो। हर बात में बस बूरझुआ-बूरझुआ। कान के नीचे सपाटा खींचे कोई तो निकल जाए बुरझौंसे का बूरझुआ। अन्नो ने बड़ियों वाली चटाई को ईंटों तले दबाया और वापस नीचे घर उतर गई।

***

स्कूल में 9 की घंटी बजी तो अपनी छत पे कम्बल लपेटे महीप को कोहरे से छन के आई धूप ने गुनगुना दिया। उसने आसमान की तरफ़ नज़रें उठाई ही थीं कि लगा अन्नो की छत पे कुछ हलचल-सी है। अन्नो बड़ियाँ सुखा रही थी। आधी रात का गीलापन सूखने लगा। सूरज निकल रहा था और कोहरे के साथ-साथ वो महीप के मन पे छाई धुंध को भी छाँट रहा था। उसे लगा उसने ये आज तक क्यों नहीं सोचा। इतनी सीधी सी बात और कभी उसके दिमाग़ में भी नहीं आई। उसने कभी अन्नो से कहा ही नहीं कि वो क्या चाहता है। वो तो आज तक सिर्फ़ इशारे करता रहा। और क्यों समझे अन्नो उसके इशारे। उसे तो दो-टूक बात चाहिए—कि हाँ महीप मुझसे ये चाहता है। इशारों में तो नामर्द बात करते हैं। और नामर्द किस लड़की को पसन्द आएँगे। अपने ही ढड्ढूपने पे महीप को हँसी आने लगी। मन के साथ-साथ तन की भूख भी खुल आई। नीचे गया, कम्बल फेंका और पाँच-पाँच किलो के मुगदर उठा लाया। थोड़ी ही देर बाद सूरज उसके बदन के पसीने की बूँदों में चमक रहा था। अन्नो बिना उसकी तरफ़ देखे वापस चली गई। कल सिंघाड़े पिसे थे घर में। दिल किया लद्दो भाभी को आवाज़ देके थोड़ी कचरी बनवा ले देसी घी वाली। लेकिन उनका बिचका हुआ मुँह सोच के चुप रह गया। थोड़ी देर में पीपलटोले पे आ ही जाएगा सतीश कचरी वाला। औरतों की मिनमिन-भिनभिन से तो अच्छा है जेब के पैसे खरच दो।

***

स्कूल में 9 की घंटी बजी तो छुन्नन चूड़ियों का बक्सा उठा के बाहर निकल गया। सुग्गो अभी तक सो रही थी और माँ का गठिया रह-रह कर कराहों के

साथ बह रहा था। छुन्नन बिना कुछ खाए-पिए चल दिया। पीपलटोले जाना होगा। वो भेंगी आँख वाली ने 12 रुपये की चूड़ियाँ ली थीं और 'आज देती हूँ कल देती हूँ' कर के पूरा हफ़्ता निकाल दिया। उधार का भी ऐसा खेचमपेंच है इस धन्धे में कि पूछो मत। चार आने का नगद और रुपइया उधार का। आज पैसे दे दिए तो सतीश कचरी वाले से एक दोना खरीद लेगा। नहीं-नहीं, एक नहीं दो दोने। बोलेगा आधे का बराबर का यहीं खिला दे भाई और बाक़ी का डेढ़ बाँध दे। सुग्गो, बड़के और छुटके को कितनी पसन्द है कचरी। एक किलो सिंघाड़े पे एक किलो देसी घी लगता है। घी तो ऐसे पीती है जैसे जून की सूखी ज़मीन। हाँ, लेकिन मुँह पे रखो तो माशाल्लाह। अब घर लाके बनाओ तो घी भी लेके आओ। तीस रुपैये किलो का भाव चल रहा है। और वो भी दानेदार वाला पूछो तो शायद बत्तीस। इससे अच्छा तो रुपैये-रुपैये के दो दोने। बोलेगा लाल मिरिच भी डाल ज़रा तबियत से। और हाँ, नींबू भी। अब कचरी खाओ और आँख से पानी न निकला तो क्या कचरी। घर से बाहर क़दम पड़ते ही नज़र आसमान पे चली गई। आदतन। ये गुलाबी वाली जो भी उड़ा रहा है उसकी कन्नी को बस दो चिप्पी चाहिए, दाईं तरफ़। बाएँ बहुत भाग रही है।

***

जितना हंगामा तिकोनिया पे नहीं बरपा था उससे कहीं ज़्यादा मच गया चूड़ी वाली गली में। किसी ज़माने में गली का ये नाम एकदम मुफीद था लेकिन अब तो बस तीन-चार घर ही बचे हैं जहाँ चूड़ी बेचने वाले रहते हैं। कब और कैसे ये गली भानमती का कुनबा बन गई पता ही नहीं चला। कोई राशन पे मिट्टी का तेल बेचता है तो किसी की बड़े गंज में तम्बाकू की दुकान है। मकान बिके तो दो हाथ-छपाई वाले भी घुस आए। सुनते रहो दिन भर उनकी खट-खटर-खट-खटाक। मकान बदले, मकानों में रहने वाले बदले लेकिन गली की क़िस्मत वैसी की वैसी। मुंसीपाल्टी का खम्भा बिना 'बलब' के खड़ा रहता है। लुंड जैसा। उसके तारों पे पिछले साल की कटी पतंगें आज भी फड़फड़ाती हैं। जाड़ों में रात 5 बजे से ही पसरने लगती है और बग़ैर लालटेन के आना-जाना भी मुहाल हो जाता है। गली इतनी पतली कि मकानों

की छतें आपस में भिड़ती हैं। दिन के बख़त रेड़ी वाले भी नहीं घुसते। कौन जाने कहाँ फँस जाए। पाव किलो आलू भी मँगवाने हों तो तीन गली छोड़ के लाला तक जाना पड़ता है।

तेली गली से टर्न मारा तो शमीना बानो को अचानक से ब्रेक मारना पड़ा था। सबसे कोने वाले करामात घासलेट ने बताया—"क़सम से क्या आवाज़ निकाली उस गाड़ी ने...चीईन्न्न चूँचूऊऊन चीईन्न्न...वो कौन सी फिल्लम आई थी वो 'हौड़ा ब्रिज'...वो नहीं था वो गाना हेलेन वाला...मेरा नाम चिन चिन चू...रात चाँदनी मैं और तू...हेल्लो मिस्टर हौ कदद्...और फिर जनाब...हेलेन निकली उस गाड़ी से...हयाँ तो ठंड के मारे बैठा था चार दिन से और उसको देखतेई...हापुड़ का पापड़ भी घना होगा उसकी शरट से...वो भी पसली तक खोल के..." इस बात पे सुनने वाले मौक़ा न चूकते। पूछते—"आँच सेंकी कि नहीं?" कोई कहता—"ये क्या सेंकते! ये तो चूल्हा बुझा के बैठे थे चार दिन से!!" बड़े मज़ाक़िया हैं मेरे यार ठाकुरद्वारा वाले। जिन्होंने ये माजरा नहीं देखा वो बेचारे क़िस्से से ही गरम हो लेते। शमीना बानो अपने दो उस्तादों के साथ जब तक छुन्नन के दरवाज़े तक पहुँचीं देर हो चुकी थी। अब कौन बताए कि छुन्नन किस गली में किस औरत के हाथों में चूड़ियाँ पहना रहे होंगे।

***

भेंगी आँख वाली ने पूरे रुपैये नहीं दिए। "तीन चूड़ी टूट गईं...फ़ैज़ाबाद के नाम पे धोखा देते हो..." अब कौन पूछे कि टूटी भी या नहीं और टूटीं तो कौन से बिस्तरे पे टूटीं। तीन रुपैये काट के 9 ही दिए। इतने का तो मुनाफा भी नहीं होता। दिल नहीं किया सतीश के पास जाने का। लेकिन फिर सुग्गो और छुटके-बड़के के खिले हुए चेहरों की सोच के उस तरफ़ बढ़ लिया।

सतीश कचरी वाला सिर्फ़ ठंड के तीन महीनों में कचरी का ठेला लगाता था। कचरी वैसे है भी जाड़ों की चीज़। बाम्मनों के टोले में लहसुन-प्याज मना था लेकिन लोग कहते थे कि उसकी जैसी कचरी का मेरठ से मथुरा तक कोई जोड़ नहीं था। एक रात पहले ही सिंघाड़े उबाल के कूट लिए जाते और फिर उन्हें छींके में रख दिया जाता। रात की ओस अपना कमाल दिखाती।

सतीश के पास दो हुनर थे। कचरी और गाना। कभी-कभी मूड में आ जाता तो चटोरों को मुकेश के गाने भी सुना देता। "अनजाने होंठों पे क्यों, पहचाने गीत हैं/कल तक जो बेगाने थे, जन्मों के मीत हैं/क्या होगा कौन से पल में, कोई जाने ना।" मुंडन-शादियों में ढोलक भी बजाता। रामलीला उसी की गाई चौपाइयों पे उत्तरकांड से दशहरे तक पहुँचती। जैसी झोंस उसकी कचरी में थी वैसी ही उसकी आवाज़ में। सुबे-सुबे ठेला लगाने का सबसे बड़ा फ़ायदा ये था कि हर रोज़ पूरी-पराठों से बोर हो चुके कान्यकुब्जियों को नाश्ते के लिए कचरी एक चटपटा विकल्प लगती। चार घर की लुगाइयाँ भी अगर आलस कर गईं तो दो किलो कचरी सुबे-सुबेई निकल जाती। लेकिन आज सुबह जब पहला ग्राहक महीप आया तो सतीश को ये बोहनी अच्छी नहीं लगी। महीप से सतीश की थोड़ी फटती थी। उसे याद था जब रामलीला में नाचने वाली मथुरा से आई एक नचनिया को हाथ लगा दिया था महीप ने। उसने चूँ-चकर की थी तो कैसे देसी कट्टा निकाल के दो फैर किए थे हवा में। सतीश ख़ुद कलाकार था और किसी कलाकार के साथ ऐसी बदतमीज़ी उसे अच्छी नहीं लगी। भले ही नचनियों की कोई इज़्ज़त हो न हो। मोहल्ले के और छिछोरों की तरह महीप भी दोना पकड़ेगा बाद में पहले 'ये डाल वो डाल' करके दो आने की कचरी बढ़वा लेगा। पूरा घर लफंगों का है। इसके बाप ने कम बमाबम किया अपने टैम में? दारू पीके अपनी ही शादी में लड़कियाँ छेड़ रहा था होने वाले ससुराल की। छी छी छी। और ख़ुद को संस्कारी कहते हैं। कहाँ के चौबे साले। सतीश को बड़ी हैरानी हुई जब महीप आके ख़ुश-ख़ुश बोला—"क्या हाल है सतीश भैया?"

***

शमीना बानो ने घर की हालत देखी तो उन्हें यक़ीन नहीं हुआ कि इतना बड़ा उस्ताद फटेहाल रहता है—"कहीं हम किसी ग़लत घर में तो नहीं आ गए?" नवाबी परवरिश में ठाठ से पलने वाले दोनों उस्तादों को लगा कि कहीं उन्हीं की पतंग में खेंच न लग जाए तो एक हड़बड़ा के बोला—"छुन्नन की उस्तादी पे आपकी मोहर लगी कहाँ है बेगम...कौन जाने किस हवा की पतंग है ये।"

शमीना बानो ने चारों तरफ़ नज़र दौड़ाई लेकिन उन्हें कोई पतंग या माँझा नहीं दिखाई दिया। एक फटा हुआ स्वेटर पहनी सुग्गो हिंडोलियम के कपों में चाय ले आई और दुनिया के इस सातवें अजूबे को देखने लगी। सुग्गो का फ़िल्मों से बस टप्पर वाले टूरिंग टॉकीज़ के बाहर लगे पोस्टरों तक का ही रिश्ता था। पिछली ईद को 'मेरे महबूब' देखने वाले थे सब मिल के लेकिन पता चला ग़लती से प्रिंट किसी 'गरम हवा" का आ गया। अब गरमी के मौसम में गरम हवा कौन जाएगा भला। उसने शमीना बानो को थोड़ा और ग़ौर से देखा। अभी कुछ ही दिन पहले 'तूफ़ान और बिजली' के पोस्टर में ऐसी ही लड़की खड़ी थी हंटर उठा के और कोई बेचारा ज़मीन पे लेटा हाथ उठा के गिड़गिड़ा रहा था। दिल किया था वो नईमा के भाई को भी ये पोस्टर दिखा के कहे—"एक दिन ऐसा ही सलूक करने वाली हूँ मैं तेरे साथ!" कितनी बदतमीज़ी करता है। वो तो मेरी दोस्त है उसकी बहन—तो उसका सोच के चुप रह जाती हूँ। एक दिन कहता है—"राधे से इतना हँस-हँस के बात क्यों करती है...देखा नहीं...डोरा कान में लपेट के मूतने जाता है..." अरे, तू कौन होता है मुझे बताने वाला कि किससे बात करूँ किससे नहीं। वो डोरा लपेटे या मूँज की रस्सी—तेरे से तो अच्छा ही है जो तेलियों की गली में खड़े होके लड़कियों को गन्दे गन्दे इशारे करता है।

शमीना बानो ने नज़दीक आके मुस्कुरा के चाय ली तो दिल किया पूछ ही लूँ कि दीदी फ़िल्मों में काम करती हो क्या। सुग्गो के चेहरे पे प्यार से हाथ फिरा के वो बोली—"अब्बा क्या मिलाते हैं माँझे में?" अब्बा? अब्बा का तो इन्तक़ाल हो गया। ये भाईजान को मेरे अब्बा समझ रही हैं। इसके पहले कि सुग्गो बता पाती, बड़े दरवाज़े पे टाट के परदे के पीछे से कोई खाँसा। अजीब भीड़ लगा रखी है मोहल्ले वालों ने। मेहमान आए हमारे घर और तमाशा तुम लोगों का। हर दो मिनट पे कभी कोई खाँसता है तो कभी कोई झाँकता है। सुग्गो ने ग़ुस्से से पर्दा खींचा तो सामने वोई नईमा का भाई। छिपकली के चेहरे पे गिरगिट-सी मुस्कान। दिल किया दो लपाड़े दे खींच के और बोले—भाग यहाँ से।

***

सतीश ने जानबूझ के तौल में छटाँक भर कम करके ही डाला मसाला कड़ाही में। धोखेबाज़ों को धोखा देने में क्या हरज। उसे याद आया रामलीला कमेटी का अग्गरवाल कांडा जो हर साल राम लल्ला के नाम पे चन्दा वसूलता था चार आना और खर्चा एक आना भी नहीं। नचनियों के साथ बैठ के दारू पीने में सब कुछ होता था लेकिन कह क्या दिया कि हारमोनियम बदलवा दो...सा पे रे चढ़ने लगता है तो इंग्लिश चढ़ा के कैसे बोला कमीना—"पहले दुग्गन को रोक लुगाई पे चढ़ने से...फिर चढ़इयो सा पे रा!" वैसे ग़लत भी क्या बोला उसने। जैसे करम करोगे वैसा ही पाओगे। शादी के लिए संभल से आगरे की ट्रेन पे चढ़ने से पहले भी लोगों ने कहा था—'अब भी सोच ले सत्तू! इत्ती दूर भी कोई ब्याह करता है। अरे इधर के कानकुब्जी क्या मर गए सारे जो आगरे से लाएगा लुगाई अपनी।' और वोई हुआ। गौने से लौटी तो पहले ही दिन बोल दिया—चूल्हा-चक्की न होगा हमसे। चलो अम्मा ज़िन्दा थी तब—काम निकल गया। लेकिन छत पे जाके अपनी 'बिरा' सुखाने का क्या मतलब? ले गया बन्दर बैगन महाराज के मन्दिर वाला और बैठ गया साला जाके पीपल पे। सब पहचान गए किसके घर की इज़्ज़त लटकी है बन्दर के हाथ में। महीनों तक खीस निपोरते रहे थे मोहल्ले के लोग। एक बार तो मेघनाद का रोल करने वाला वो बिट्टन चौहान—दरूड़ा एक नम्बर का—बोला दुनिया बदल रही है सत्तू महाराज। काशीपुर और धामपुर में तो औरतें ही करैं पारट सीता का। बोलो तो भाभी का नाम दे दूँ इस साल के लिए। तुम चौपाई गाना वो 'पारट' करेगी। जिसके जैसे लच्छन उसके वैसे ही क़िस्से। पता नहीं क्या ये आगरा नहीं है। सीधे पल्लू की पहन के चलोगी तो यही सब होगा। अरे मत करो चूल्हा-चौका। भगवान ने हमें दिया है हाथ में रस। दुनिया अश-अश करती है हमारी कचरी पे। मत करो कुछ भी लेकिन ऐसे चाय पे तो मत बुलाओ ग़ैर मर्दों को। आगरे में करते होंगे ऐसी मेहमाननवाज़ी। यहाँ तो ड्योढ़ी को भी दस बार खाँस के लाँघा जाता है। हम तो चलो जानते हैं—हो तुम चरत्तर की अच्छी लेकिन दुनिया तो साली ऐसी कि सीता मैया भी न छोड़ी। लैफ़ इंसोरेंस ही करवाना था दुग्गन से तो मेरे रहते बुलाती घर पे। सतीश ने ग़ुस्से के मारे कड़ाही में कचरी को ही पीटना शुरू कर दिया। दातुन मुँह में ठूँसे पूठिया दद्दा चिल्लाए—"अरे ओ सत्तू! सुबे-सुबे कुछ भजन सुना। ये क्या

पलटे-कड़ाही का कीर्तन शुरू कर दिया तूने। भजन किसको सुनाए। भजन लायक़ रह गई है ये दुनिया?

***

पनामा की डिब्बी से एक छल्ला क़तर के गिरीश ने अपनी कलाई पे फोड़ा—भम्म्म्। मैंने माँगा तो एक मुझे भी दे दिया फोड़ने के लिए। मेरा वाला फुस्स हो गया तो गिरीश ऐसे मुस्कुराया जैसे इन्द्रजाल कॉमिक्स में मैन्ड्रेक लोथार को देख के हँस देता है—'तुम बच्चे हो अभी।' गिरीश का हमारे घर से बहुत पुराना नाता है। ये अलग बात है कि आज वो मेरे पापा को लेके अंट-शंट बकता है और पापा उसका नाम सुनते ही बावरे हो जाते हैं। जेएनयू जाने से पहले वो मेरे पापा का भगत था। और मेरी मम्मी उसकी। उसके पहले क़स्बे में से कोई भी बोर्ड की मेरिट लिस्ट में नहीं आया था। मम्मी ने तो तय कर रखा था कि बस कुछ बन-बना जाए तो सुमन दिद्दी का ब्याह उसी से कर दूँगी। स्कूल लाइब्रेरी की ऐसी कौन सी किताब होगी जिसके इश्यू कार्ड पे उसका नाम न लिखा हो। हमारे घर आता तो या तो पापा की कामरेडगिरी सुनता रहता या फिर जो भी होता घर में पढ़ने के लिए उसे चाट जाता। बारहवीं तक आते-आते जब उसने कविताएँ लिखनी शुरू कर दीं तो मम्मी के माथे पे बल पड़ने लगे। 'बेटा, क्या है ये सब? आईआईटी देना है...उसका सोच...ये क्या मशालों की राख में सूरज उगाते फिरते हो..." मम्मी की टीं-टाँ जब ज़्यादा बढ़ गई घर में तो गिरीश का आना-जाना कम हो गया। सुमन दिद्दी की चिट्ठियाँ लेके मुझे उसके पास जाना पड़ता। कई बार बीच में रुक के वो चिट्ठियाँ मैंने पढ़ी भी थीं। वोई सब प्रेम-पत्रों वाला रेगुलर मामला कि तुम्हारे बग़ैर ऐसा और तुम होते हो तो ऐसा। कभी-कभी अपने नाम की जगह पे दिद्दी होंठों पे लिपस्टिक लगा के छाप देती। लेकिन असली मज़ा आता था गिरीश की लौटती डाक में। उसमें अक्सर कविताएँ होतीं। एक लाइन मुझे अभी तक याद है—"काश! तुम मेरी बन्दूक होती तो मैं हाथों में उठा के तुम्हें चूम लेता।" अगले कई दिनों तक मुझे सुमन दिद्दी और एक बन्दूक आपस में गड्डमड्ड से होते

दिखते रहे। जब मैं और छोटा था तो गिरीश की उँगली पकड़ के मैंने बहुत सी जादुई दुनियाओं का सफर किया था। मेरी मुट्ठी में जब-जब गिरीश की उँगली होती थी तो मुझे नहर समन्दर लगती और खेत की मेंड़ें भी पंगडंडियाँ नज़र आती थीं। जेएनयू जाने से पहले वो एक क्रान्तिकारी था और लौट के आया तो एक 'लुम्पेन' बन के। ऐसा मेरे पापा कहते थे।

"अबे! तेरे घर में कचरी बन रही है क्या?" सतीश की कचरी की झौंस अब यहाँ तक पहुँच गई थी। अन्नो एक सेकंड के लिए घर से बाहर आई, हमें मुँडेर पे धूप सेंकते देखा और फिर अन्दर चली गई। सतीश फिर ब्रश-घास को सहलाता हुआ पता नहीं क्या सोचने लगा। "तूने कभी बारूद सूँघा है? कभी-कभी वो ऐसे बोलता था जैसे बस कुछ ही फ़ीट दूर क्रान्ति को होते हुए देख रहा हो। मैंने कहना ही शुरू किया था कि 'हाँ, दीवाली में जो...' " तो वो हँसने लगा—"अबे पटाखों वाली नहीं...असली वाली" और फिर अपनी उँगलियाँ मेरी नाक के पास लाके बोला—"सूँघ-सूँघ..." मैंने सूँघ के सिर हिलाया। "है न एकदम...ज़ोरदार...जब दुनिया बदलेगी तो ऐसई महका करेगी...यहाँ-वहाँ...चारों तरफ़...दिल्ली से कलकत्ता तक..." वैसे उसकी उँगलियाँ, बासी रोटी-सब्ज़ी में सिगरेट का धुआँ मिला दो, वैसी महक रही थीं लेकिन मैं चुप मार गया। फ़िलहाल दुनिया जैसी थी मेरे लिए अच्छी थी।

20 साल बाद
1994

ये वो दिन थे जब मैंने दुखी होना सीख लिया था। मैं बहुत ख़ुश भी होता तो दुख की एक बारीक-सी लसलसाहट उन सुखों को थामे रहती। धीरे-धीरे मैंने हवा से दुख पैदा करने की तरतीबें जान ली। कहीं भी बस एकटक देखते रहने से मन के भीतर पथरायापन फैल जाता। कोई हँसता तो उसके

फैलते-सिकुड़ते होंठों को मैं मन ही मन में फ्रीज़ कर देता और फिर उनको अपने हिसाब से तोड़-मरोड़ कर एक नए मायने देता। ये लत इतनी बढ़ गई कि दुख के बग़ैर सुख भी महसूस नहीं होता था। नैनीताल और ठाकुरद्वारा के बीच लाल पलाश का एक जंगल है। चुभने वाला गुलाबी जाड़ा था। पतझड़ बस जा ही रहा था और जंगली ज़मीन पे सूखे पत्तों की जूतों के नीचे आने वाली आवाज़ में अब वो कड़कड़ाहट नहीं रह गई थी। और तब मैंने पहली बार वो आवाज़ सुनी थी। कोई और सुनता तो बस इतना—'टीवी टी टुट टुट।' लेकिन मेरे लिए वो दिन—16 नवम्बर, 1992—मेरे लिए वो दिन मेरा सब कुछ बदल देने वाला दिन था। मैंने ऊपर देखा। सनोबर के ठूँठ की एक नंगी फुनगी पे बैठे उसने फिर से पूछा—'तो तुम आ ही गए?' रतूपुरे वाली बैंक डकैती अभी एक साल दूर थी। ज़िन्दगी के वीराने ढूह अभी कोसों दूर थे। कीचड़ मिट्टी के ऊपर ख़ून उगलता मैं और मेरी मौत भी बहुत दूर थी। अभी तो मेरे फेफड़ों में पलाश से भरी हवा थी और पैरों में वो उछाह था जो सपनों से आता है। मैंने उसको जवाब दिया—'टुट टुट टीवी टी टुट टुट'। वो चिड़िया आज भी मेरे उस कन्धे पे बैठी कुछ कह रही है जिसे थ्री नॉट थ्री ने मेरी छाती से उखाड़ दिया है। ये असली का दर्द है। सुन्न दर्द। हाथों में राइफल पकड़े वो मुझे देख रही है और मैं उसे बस एकटक देख रहा हूँ। ना मन के भीतर कोई पथरायापन है और ना ही कोई हँस रहा है। लेकिन फिर भी दोनों महसूस हो रहे हैं—दुख और सुख। आपस में गड्डमड्ड। मेरी पलकों पे गहरी नींद उतर रही है। जब मैं मुँद जाऊँगा तो ये चिड़िया मुझे छोड़कर किसी और को ढूँढ़ेगी। आल द बेस्ट दोस्त! तुम जो भी हो। क़सम कुड़का की—मज़ा आएगा।

***

दिनेश अपनी वर्कशॉप पे जाते हुए मेरे घर से होके गुज़रा लेकिन नीचे से ही आवाज़ लगा के चला गया—"अरे भई ईशान...आ जइयो टैम पेएए!" वैसे तो वो ऊपर आता अपने दस्ताने उतार के हाथ रगड़ता हुआ, कन्धे झुका के—जिससे घर के लोगों को लगे कि वो उनकी इज़्ज़त करता है। आज

वो रुका नहीं क्योंकि नीचे वाले घर में नए किराएदार शिफ्ट हो रहे थे और उनका सामान दरवाज़े से अन्दर तक बिखरा हुआ था। दो साल पहले मम्मी जब अपने भान्जे की शादी में बम्बई गईं तो वहाँ का अपार्टमेंट सिस्टम उन्हें इतना भाया कि ऊपर की छत पे दो अपार्टमेंट्स बनवा मारे। कोई नक़्शा तो था नहीं लेकिन अपनी याद और इमरान मिस्त्री की कारीगरी के सहारे जो बन के निकला उसमें मैं बहुत फँसा-फँसा सा महसूस करता। छोटे-छोटे कमरे और तंग तंग से गलियारे। नीचे वाले घर का खुलापन किराएदार के हिस्से चला गया। ऊपर वाला दूसरा अपार्टमेंट भी किराएदार को ही जाना था लेकिन लोग जब उसे देखने आते तो पसन्द नीचे वाला घर करते। जब कोई किराएदार मिला नहीं और पापा के इस अपार्टमेंट स्टाइल को लेके मज़ाक़ सुरसा की तरह बढ़ने लगे तो खीज के माँ ने दूसरे अपार्टमेंट पे ताला मार दिया और बोलीं—"ईशान की बहू आएगी तो उसको दे दूँगी।"

***

ठाकुरद्वारा-काशीपुर रोड पे तीन बड़ी फैक्ट्रीज़ खुल गई थीं। और उनमें काम करने वाले या तो काशीपुर में या ठाकुरद्वारा में किराए के घर ढूँढ़ते थे। फैक्ट्रीज़ से सटा हुआ एक बड़ा गाँव था रतूपुरा। बड़े गाँव से मतलब कई सारे पक्के घर, पाँचवीं तक का एक स्कूल, एक बैंक, कुछ ठीक-ठाक सी दुकानें, मेले-सर्कस-हाट के लिए एक मैदान और ऐसी ही कुछ और चीज़ें। तराई की आबो-हवा इस गाँव को दस्तक देती थी इसलिए कुड़का के किनारे-किनारे जंगल थे और खेतों में हुई सब्ज़ियों की अच्छी फसल काशीपुर-ठाकुरद्वारा-बाजपुर के हाट से मुनाफ़ा लेके लौटती थी। हमारा नया किराएदार रतूपुरे के बैंक का मैनेजर था जिसकी बेटी ने जब पाँचवीं पास कर लिया तो उसे लगा बच्ची की पढ़ाई के लिए ठाकुरद्वारा चला जाए। माँ ख़ुश थीं कि पन्द्रह सौ माँगा और वो तैयार हो गया। उसने मोल-भाव इसलिए किया नहीं क्योंकि किराया तो बैंक को देना था और चौहान होने के नाते उसे ऊँची जाति वाले मोहल्ले में ही घर चाहिए था। पिछले बीस सालों में पीपलटोला बहुत बदल चुका था। अब हर दो बाम्मनों के घरों के बाद दूसरी जाति वालों के भी घर

थे। एक तो वैसे भी पंडागीरी फली नहीं दूसरे मंडल ने आके सब ढंडकमंडल कर दिया। नैनीताल से पढ़ के लौटे मुझे अब नौवाँ साल लग चुका था। दो साल जियोलॉजिकल सर्वे ऑफ़ इंडिया में नौकरी की। बुजून की पहाड़िओं में ऑर्थोपोड्स के फ़ॉसिल्स ढूँढ़ते हुए एक दिन मैं इतना थक गया कि फिर कभी वापस नहीं लौटा। इस बात को भी चार साल हो गए। घरवाले आज तक आस लगाए बैठे हैं कि मैं एक दिन फिर से घर छोड़ दूँगा।

***

किराएदार के दंद-फंद को लाँघता मैं लगभग 11 बजे दिनेश की दुकान के लिए निकल लिया। वैसे तो ये ट्रैक्टर्स के पाट्र्स बेचने वाली एक दुकान ही थी लेकिन पीछे के हिस्से में दो-चार मशीनें लगा के दिनेश इसे एक वर्कशॉप बोलने लगा था। सुनने में भी अच्छा लगता था। 'मेरी दुकान' के बजाय 'मेरी वर्कशॉप।' मस्जिद और मच्छी मार्केट से होके निकलो तो तिकोनिया तक ले जाने वाली इस सड़क पे नई-नई दुकानें बन गई थीं। ओपन इकोनॉमी और सेटेलाइट टीवी आए अभी बस दो ही साल हुए थे लेकिन लोगों को पता चलने लगा था कि सिर्फ़ नौकरी और आढ़त के अलावा भी दूसरे काम हैं। जो घी चुपड़ी रोटी दें न दें सूखी तो दे ही देते हैं। वो दिन दूर नहीं था जब इनमें से बहुत से लोगों का भट्ठा बैठने वाला था। सबसे बड़ा धन्धा था लोन लेने-देने-दिलाने का। ज़मीन न हो तो भी बैंक ट्रैक्टर के लिए लोन दे रहे थे। दल्ले गाँव-गाँव घूमकर किसा़नों से कहते—अब तो ससुर ये बैल-हल छोड़ दो। चलो तुम्हें 'टिरेक्टर' दिलवाते हैं। दस 'टिरेक्टर' अगर पेपर पे बिकते थे तो पाँच असली के भी। अब टिरेक्टर चलाने वाले सब अनाड़ी। ब्रेक की जगह क्लच मार दिया—हल वाले जब्बर हाथ तो कभी गियर बॉक्स जाता तो कभी कॉकशट। काशीपुर से आई. टी. आई. टॉप करने के बाद भी जब दिनेश को नौकरी न मिली तो पहले दो साल तो उसने जम के अपने ब्राह्मणत्व को गालियाँ दी और फिर छै साल कभी इस गैराज तो कभी उस वर्कशॉप में मैकेनिक की 1600 रुपल्ली वाली नौकरियाँ की। वो तो भला हो उस सरदार का जिसकी मारुति पे दिनेश की ग़लती से एक डेंट पड़ गया था। उसने

दिनेश का गला ही पकड़ लिया। माँ-बहन की गालियाँ देता हुआ दस फ़ीट तक रौंदता हुआ ले गया था वो वर्कशॉप में और आधा डिब्बा मल दिया था दिनेश के चेहरे पे ग्रीज़ का। उस दिन तय किया दिनेश ने कि नौकरी नहीं करनी बाक़ी जो करवा लो।

साढ़े नौ बजे तक अपनी राजदूत को भड़भड़ाता रजिन्दर भी आ गया। "अरे यार! भैन की लौड़ी का क्या चक्कर है येएएएएएए!" हमारे क़स्बे में बात-बात पे गालियाँ ऐसे दी जाती हैं जैसे फूल बरसाए जा रहे हों। "चल-चल लौट के देखेंगे" दिनेश ने हाफ शटर डाउन किया और चबूतरे से नीचे कूद गया। "अबे! ऐसे ही छोड़ के जाएगा मेहबूबा तेरी? आधी उघाड़ के! क्या हुआ तेरा वो लौंडा? आया नहीं अभी तक?" रजिन्दर जब मूड में होता है तो उसकी ज़ुबान पे साक्षात् सरस्वती विराजमान होती हैं। डबल मीनिंग तो कुछ नहीं, कई बार अगर उसकी बातों की गहराई में जाओ तो घंटों-घंटों बाहर ही न निकलो।

"नवाब के याँ के कबाब खा लिए कल भोसड़ू ने...कैता ऐ पेचिस छूट रई ऐ..." दिनेश की बात पे रजिन्दर ने ऐसे आँखें चमकाई जैसे फ्रंट पेज न्यूज़ मिल गई हो।

रजिन्दर अपने घर का वन-मैन-शो था। स्कूल के बाजू में उसकी स्टेशनरी की दुकान थी जिसपे उसका सनकी बाप और छोटा भाई बैठता था। वो पूरे क़स्बे के लिए न्यूज़पेपर्स का अकेला सप्लायर था। लॉटरी के टिकट बेचता था। जब क़स्बे की लड़कियाँ जींस पहनने लगीं तो वो दिल्ली जाके पिछत्तर-पिछत्तर वाली जींस भी लाने लगा। उसने ज़माने की चाल को पकड़ने की हमेशा कोशिश की लेकिन कुछ न कुछ होता और ज़माना आगे निकल जाता। हम तीनों में वोई अकेला था जो शादीशुदा था और पिछली रात के क़िस्से वो ऐसे सुनाता जैसे बिस्तरे पे उसकी अपनी बीवी नहीं कोई और औरत हो। उसने अपनी ये राजदूत कैसे खरीदी इसका भी एक क़िस्सा है। क़िस्सा क्या अफवाह ज़्यादा है। लेकिन बस यही एक ऐसा सब्जेक्ट है जिस पे रजिन्दर की कही पे यक़ीन नहीं होता।

***

पाँच साल पहले की बात है। रजिन्दर दिल्ली से रामनगर 'डिरेक्ट' लेकिन छकड़ा बस में बैठे वापस आ रहे थे। पाँवों के नीचे ब्रा-चड्डी की गठरी रखी थी। पिछली बार का याद था उन्हें जब जोया के पास पुलिस चेकिंग में इज़्ज़त का फालूदा बन गया था। दो पुलिस वाले घुसे और सवारियों का सामान चेक करने लगे। रजिन्दर की गठरी से निकली ब्रा-चड्डी।

अपने डंडे पे एक ब्रा को तान के वो जाट बोला—"ऐ की लै जा रया सै?"

"औरतों का सामान है जी" साली क़िस्मत ऐसी कि अगली ही सीट पे मुछंदर अपनी बीवी के साथ बैठा था। साला ज़ुबान का चटखोर। पूरे मोहल्ले में फैला देगा।

"औरतों का सामान? अरे कौण सी औरत का सामान? तेरी औरत?" ग़ुस्सा तो ऐसा चढ़ा कि माथे की नसें चड़चड़ा गईं।

पराए मुलुक में झगड़ा नहीं करते बस यही सोच के चुप रह गया।

दूसरा वाला बोला—"बौपारी होगा..."

तो पहला बोला—"बौपारी है तो भई लैसन्स दिखा और अपड़ें घर को जा...हमारा टैम क्यों ख़राब करै..."

रजिन्दर ने चुपचाप ठाकुरद्वारा व्यापारी संघ का कार्ड निकाल के दिखा दिया।

वो मादरजात कार्ड को ऐसे पढ़ने लगा जैसे उसमें गीता छपी हो—"इसमें तो कईन न लिक्खा के औरतों का सामान बेचै तू! लै भई तू ही पढ़ के बता दै जो तू हमसे ज़्यादा पढ़ा-लिक्खा है तो..."

कुल मिला के फ़ज़ीहत हुई फुल और साले अपनी बीवियों के लिए दो-दो जोड़ी ब्रा-चड्डी भी ले गए।

जाते-जाते बोले—"सैज का फरक निकला तो जान लै...यहीं जोया पे लगा करै नैट-डुट्टी हमारी..."

तो इस दफ़ा गजरौला पे खाने के लिए रुके तो भी रजिन्दर ने बस नहीं छोड़ी। मुछंदर की बीवी ने डिब्बे से पूरी-टिंडे निकाले और जब दो पूरी पे एक भरवाँ टिंडा रख के उसकी तरफ़ बढ़ाया तो पता नहीं रजिन्दर को क्यों लगा कि वो मुस्कुरा रही है। हमपे मुस्कुरा के क्या करेगी तू—तेरा भी सैज

जानते हैं हम...डबल गद्दे वाली खरीद के ले जाता है मुछंदर तोइ ना तान के चलती है। उस रात के बाद से वो दोनों ठुल्ले नहीं दिखे। लेकिन जब-जब इस रूट पे सफर किया तो जोया आते ही रजिन्दर गठरी को लात मार के सीट के और अन्दर धकेल देता।

अबकी जोया निकला तो साँस में साँस आई। गजरौला पे एक गोभी परांठा और लस्सी पीके रजिन्दर अगली सीट के हत्थे पे सिर रख के सो गया। आँख खुली तो बस रुकी हुई थी और ड्राइवर-कंडक्टर इंजन खोल के उसमें उँगली कर रहे थे। जनानियाँ छोड़ के सारी सवारियाँ नीचे उतर चुकी थीं। कोई सड़क किनारे खड़ा झाड़ियों को सींच रहा था तो कोई सुट्टा मार रहा था। रजिन्दर नीचे उतरा तो उसे एक अजीब सी मीठी-मीठी ख़ुशबू आई। जैसी वो खाँसी की चूसने वाली गोलियों से आती है।

"अरे भई क्या कर दिया इंजन को? उसने पूछा तो ड्राइवर ने बताया, "ठीक हुई बस तो भी एक-आध घंटा तो कहीं न गया समझो।"

गर्मी के दिन थे। वापस बस में बैठने का दिल न किया। हवा सी भी चल रही थी और वो ख़ुशबू भी खींचे थी सो रजिन्दर हो लिया खेतों के अन्दर।

"अमावस से दो दिन पहले रात का बखत। चाँद भी ससुरा ढिबरी-सा टिमटिमा रिया था। खेत बाजरे का है कि भुट्टों का पता ही न चले था।" रजिन्दर की वो आपबीती उसकी आँखों को सपनीला कर जाती।

मुझे उसका ये क़िस्सा सुनते हुए कई बार लगा कि कोलम्बस ने जब अमरीका ढूँढ़ा होगा तो उसकी आँखें भी ऐसी ही चमकती होंगी।

"खेतों की चौथी मुँडेर फलांगी तो दिखा सामने वो...यूँ हाथ खोल के खड़ा था...दोनों कन्धों पे पाँच-पाँच सर...आग उगलते...मैंने कहा ये खेतों में इत्ती रात गए दशहरा कौन मना रिया है...और मुँह से लटकी एक टोंटी और उसमें से चूए पानी...चारों तरफ़ डिरम ही डिरम...ख़ैर भाईसाब उस समय तो मैं निकल लिया...गाड़ी में तीन हज़ार की ब्रा-चड्डी और दो हज़ार का और माल था...ये साले रोडवेज वालों का कोई दीन-ईमान न होता..."

अगले दिन रजिन्दर ने खोजबीन की तो पता चला वो मेंथॉल बन रहा था। मेंथॉल बनता है पुदीने से जिसकी हमारे यहाँ कोई कमी नहीं। दुनिया भर की दवाओं में इसका इस्तेमाल होता है। लेकिन दुनिया का सबसे अच्छा

मेंथॉल बनता है कॉर्न मिंट से और इस ख़ास पुदीने की अस्सी फीसदी फसल आती है ब्राजील से। तीन साल से लगातार ब्राजील की ये फसल ख़राब हो रही थी। दवाइयों के अरबों-खरबों के धन्धे में हड़कम्प मचा हुआ था। कोई बीसेक साल पहले पन्तनगर एग्रीकल्चर यूनिवर्सिटी के किसी प्रोफेसर ने अपनी रिसर्च में पाया था कि ठाकुरद्वारा और उसके आसपास की जगह इस ख़ास पुदीने के लिए उस चौखट की तरह थी जिसपे अपनी जाँघों पे लिटा के नरसिम्हा ने हरिणाकश्यप का पेट चीरा था। मतलब अगर माथे पे बिना ज़ोर दिए समझें तो ये कि चूँकि हमारा क़स्बा न तो तराई था और न ही मैदानी इलाक़ा तो उसकी आबो-हवा ऐसी कि ये पुदीना यहाँ उग सकता था। प्रोफेसर साब तो भगवान को प्यारे हो लिए थे लेकिन दिल्ली में बैठे किसी दवाई कम्पनी के एक अफसर को उनका ये पेपर हाथ लग गया। कुल मिलाके चूँ-चूँ का मुरब्बा ऐसे बना कि ठाकुरद्वारा के ज़िद्दी किसानों के भेजे में जब अकल आई तो उन्होंने अपने खेत कुछ महीनों के लिए इस दवा कम्पनी को किराए पे दे दिए। पहली फसल को जब ढुलवा के दिल्ली ले जाया गया तो पता चला वो सड़ चुकी थी। तब से खेतों में ही 'टीन-टप्पर' टाइप के प्लांट लगा के तेल निकाला जाने लगा। रजिन्दर ने जो दस सर वाला रावण देखा था वो येई था। बाज़ार में तेल के एक ड्रम का दाम था पचास-साठ हज़ार लेकिन किसान को मिलता सिर्फ़ 7 हज़ार। किसानों के लिए तो ये भी बिल्ली के भाग से छींका टूटा था। पैसा नकद मिलता लेकिन बैंक के बजाय घर की सन्दूकची में मैले-कुचैले कपड़ों के नीचे अंडे देता। जैसा कहते हैं कि लुगाइयों की माया अपरम्पार है तो वो इन पैसों से गहने बनवाने लगीं। चुल्लन सुनार ने ये ख़बर अपनी बीवी को बताई और चुल्लन की बीवी ने रजिन्दर की बीवी को।

"उसके चल रये थे मासे। ख़तम भी हो गए तो छिटकती फिरे...मैं कऊँ काए साली हाथ भी न धरने दे रई...मासे के बाद तो ये बी हेलन बन जावै...जाड़ा गिर रया भारी...अब कौन टट्टी जाए कान पे जनेऊ बाँध के सुबे-शाम इकसठ-बासठ करने...भई रजाई के भीतर आ और काम ख़तम कर...दस मिनट की तो बात है...लेकिन नई...छिटकी फिरे...फिर खोली अपने मन की बात...बोली गँवारों की लुगाइयाँ सोना गढ़वा रई हैं और हम

हैं कि जो मायके से लाए थे एक बढ़ोतरी न हुई उसमें...मैंने कहा, ऐं! भोडूचन्दों के खेतों से मटके निकल आए क्या?...तो योई था वो तेल जो उस दिन बन रिया था..."

रजिन्दर ने एक प्लान बनाया चुल्लन के साले के साथ मिल के। वो गहनों की डिलीवरी का टाइम बताता और गली में खड़ा आँखों तक गमछा लपेटा रजिन्दर चाकू दिखा के औरतों से पैसे छीन लेता। दस-बारह बार के बाद औरतें अपने मर्दों के साथ आने लगीं तो रजिन्दर ने बन्द कर दिया। वैसे रिपोर्ट किसी ने न लिखवाई थी। सबसे पहले तो रजिन्दर ने चुल्लन से ही दस तोले का हार बनवा के अपनी 'वैफ़' को लाके दिया।

"छल्लो वोई पहन के आई रजाई में...क़सम से इतना कूदी कि भाभी तो छोड़ो कान से बहरी अम्मा भी जग गईं..."

और बाक़ी के बचे पैसों से ले ली एक सेकंड हैंड राजदूत जिसे प्यार से रजिन्दर रज्जो बुलाता है।

***

इसी रज्जो पे चढ़ के हम तीनों इस समय रतूपुरा जा रहे थे। कुछेक पन्द्रह साल पहले जब बाम्मनों के मोहल्ले में महीप चौबे जैसे छिछोरे अस्त हो रहे थे तो एक नई जेनरेशन उभर रही थी। लौंडियाबाज़ी और बेबात की मार-पिटाई इनके ख़ून में भी थी लेकिन अच्छन चौहान और सुनील मिश्रा जैसे लोगों ने इतिहास ही बदल के रख दिया। महीप जैसों की तरह उन्होंने सिर्फ़ कट्टे और रमपुरिया रखे ही नहीं उनका इस्तेमाल भी किया। जो लड़की उनकी आँखों पे चढ़ गई समझो उसका सत्संग हो गया। पहले की तरह नहीं कि बस मन्दिर आए और घंटियाँ बजा के चले गए। मुरादाबाद में जब किडनैपिंग का धन्धा ज़ोर पे चलने लगा तो अच्छन और सुनील जैसों को नया रोज़गार मिल गया। अच्छन ने पीपलटोले के दो किनारे वाले मकान खरीद के बड़ा सा घर बनवाया और सुनील ने घर के आगे लाके नई मारुति 800 रख ली। मोहल्ले के छिछोरों को लगने लगा कि छिछोरागिरी में भी पैसा है। रजिन्दर ने भी छोटे-मोटे कांड किए हुए थे। लेकिन शादी होने के बाद उसने लौंडियाबाज़ी एकदम छोड़ दी।

बोला यार एक-दो बार ट्राई किया पर पता नहीं क्यों हर दफ़ा तेरी भाभी का चेहरा दिखने लगता है।

"रात को भींच के जैसी फाँस लगाती है टाँगों से...तो बस दिन भर उसी में भिंचा रहता हूँ...कईं जानेई न देती..."

***

"अबे योई है क्या तेरा वो मुर्गी पालन केन्द्र?" रज्जो धीमी करके रजिन्दर ने यू टर्न मार लिया।

"लगे तो योई है...पूछ लेवें..." दिनेश उतर के पास गया और बोर्ड पढ़ के हाथ हिलाया कि हाँ आ जाओ योई है।

अन्दर गए तो सरदार अली सिद्दीक़ी बड़े ही तपाक से मिला। हर दो मिनट पे 'कुछ तो ले लो' की उसकी गुहार ने हमें मजबूर कर दिया कि हमने चाय के लिए हाँ कर दी।

अपना पोल्ट्री फार्म घुमाते हुए सरदार बोला—"आपने वो शेखचिल्ली वाला तो सुना ही होगा।"

मुर्गियों की बीट भरी सड़ांध के मारे रजिन्दर का दिमाग़ हिलने लगा था।

नाक पे गमछा लपेट के रजिन्दर बोला—"जो ना भी सुना होगा तो आज सुन लेंगे..." दिनेश ने जब उसे घूर के देखा तो बोला—"ना ना... मेरा मतलब...धन्धा करने निकले हैं तो सब सुनना चाहिए...सुनाओ भाई सुनाओ..."

आधे घंटे बाद हम हाइवे पे रतूपुरे को जाने वाली सड़क की एक गुमटी पे बैठे चाय पी रहे थे जब रजिन्दर ने दिनेश को कोसना शुरू किया—"साले तू सकूलों से मिल के धन्धा करेगा!"

दिनेश जो इस फ्लॉप ट्रिप से वैसे ही भन्नाया हुआ था, हत्थे से उखड़ लिया—"भैंडचोद...भडुआपन्थी की बात तो करो मत तुम...बोला नहीं था सरदार नाम है उसका?"

"लो! इनकी सुनो! अबे सरदार मतलब! मुझे लगा कोई सरदार होगा..."

"क्यों? सिद्दीक़ी नहीं बोला था मैंने?"

"माँ क़सम नहीं बोला था..." अपने टेंटुए पे हाथ रख के रजिन्दर बोला।

ये दोनों बकरचोदी करते रहे लेकिन मैं ख़ुश था। हवा में बारिशों वाला सोंधापन था। वैसा जब कोसों दूर कहीं छींटा-छाँटी होती है। चाय वैसी ही कड़क बनी थी जैसा मैंने बोला था। उँगलियों में फँसी नेवी कट का दूधिया धुआँ अपने संग-संग मुझे कहीं और खींच रहा था। सनोबर के ठूँठ पे बैठी वो चिड़िया फिर से कुछ कह रही थी।

"तो तू पॉइंट पे आ ना..." दिनेश एक रुकती हुई बस की तरफ़ देखने लगा।

"ओ भाई! एक 'रोंड' और चला दे...और मेरी वाली में मलाई खींच दीयो...इन दोनों को पिला दे इनका काढ़ा..." तीन सवारी उतरी थीं और उनमें से एक आधा घूँघट काढ़े औरत को देख के रजिन्दर की आँखें चमकने लगीं—"ये याँ रैवै! ये तो..."

"बात तो तू बदल मत! और जो पैसे नई डालने तो साफ़-साफ़ कह..."

"मेरी जान! पैसों की क्या बात कर दी तूने! तू कहेगा तो साला बूचड़ख़ाने पे लगा दें पैसा...लेकिन सुन तो...पैले इस छमिया का तो सुन ले..."

"नई बॉस...पैले मशरूम की बोली तो कुक्कुरमुत्ता बोल के नट लिए... अब सकूला-सकूला कर रये ओ..."

"यार यो धन्धा हैगा जीव-हत्या का और जो घर में बात भी की ना तो लात मार के निकाल देंगे घरवाले...मेरी वाली को लैसन-प्याज ना हो तो सुआद नई आता और अम्मा को चलता नई...तो पैले सेई दो-दो बर्तन-भाँडे हो रक्खे घर में..."

"अबे तो पैले क्या मुर्गी को घुइयां समझ के आया था यहाँ?"

"यार मैं तो अंडों की सोच के आया था...तूई तो बोला कि इंजेक्सन मार के निकालें..."

"तो भोसड़ी के...अंडा तो मुर्गी का ही निकलेगा ना...कि बैगन को इंजेक्सन मार के अंडा निकालेगा..."

थोड़ी गाली-गलौज के बाद दोनों शान्त हो गए। छै महीने पहले हम तीनों ने मिल के तय किया था कि थोड़ी-थोड़ी पूँजी डाल के कुछ बिजनेस शुरू किया जाए। तब से लेके आज तक हम किसी नतीजे पे नहीं पहुँचे थे। हाथी छाप सीमेंट की एजेंसी लेने से लेके मुर्गी पालन तक ऐसा कोई धन्धा नहीं था जिसके लिए हमने चक्कर ना काटे हों। रजिन्दर और दिनेश को अपनी-अपनी दुकानों में घाटा हो रहा था और मेरे लिए...मेरे लिए ये कुछ ऐसा था जो मुझे इधर-उधर घुमाता था...सारा-सारा दिन बैठे बस पढ़ते रहना...सोचते रहना...आख़िर कितना सोचे कोई...कहाँ मिलेगा वो 'मतलब' जो चैन दे। और जो मिल भी जाए तो कौन जाने कहीं और बेचैन न कर दे। दो साल की नौकरी से जो पैसे बचे थे वोई मेरी पूँजी थी और अगर वो डूब भी गई तो मुझे कोई फ़र्क़ नहीं पड़ना था।

गुमटी से निकल के रजिन्दर ने रज्जो काशीपुर की ओर मोड़ी तो दिनेश ने पूछा—"अबे पूराई बावला हो गया है क्या? इधर कहाँ जा रहा है?"

रजिन्दर ने बताया कि बीवी ने नेमिशरण के यहाँ की असली वाली हींग मँगवाई है—"बस दस मिनट और लगेंगे...लेते ही लौट लेंगे..."

"अब तक तो पादैई था पागी...अब क्या असली हींग भी पादैगा..." अपनी ही बात पे दिनेश इतना हँसा की रज्जो लहराने लगी।

***

नेमिशरण की दुकान पे 1800 रुपैये किलो हींग महँगी लगी तो रजिन्दर ने मोल-भाव शुरू कर दिया—"पिछली बार तो लाला 1400 की दी थी... हमैई लूटोगे?"

"तो 1400 वाली ले लो...ये भी अफगानिस्तान की है..."

"ना जी...हमै तो वोई चईये...काबुल वाली..."

दिनेश रजिन्दर की जी.के. से बड़ा परेशान रहता था—"अबे लंतरू! काबुल अफगानिस्तान की कैपिटल है!"

"तो?" रजिन्दर आँखें बिचका के बोला।

"तो तेरा सर! अबे गजक दिल्ली की हो या हिन्दोस्तान की...हुई तो एकई बात ना!" दिनेश ने समझाया तो रजिन्दर और बिदक गया।

"तो लल्ला गजक ना खरीद रये...हींग खरीद रये हैं हींग...हमें तो काबुल वाली ही चाहिए..."

नेमिशरण एक और क्वालिटी की हींग लेने अन्दर चले गए। रजिन्दर को दिनेश का ये बेवखत की नॉलेज दिखाना अच्छा नहीं लगा था इसलिए वो नज़रें चुरा के होंठ भींच के बाहर देखने लगा। काशीपुर का ये आढ़त का सबसे बड़ा बाज़ार था। पतली तंग गलियाँ, हाथरिक्शों पे गठरियों में माल ले जाते लोग, मज़दूरों से माल ढुलवाते लोग। दूर दूर के कस्बों और गाँवों से छोटे दुकानदार यहाँ आते थे। अचानक पता नहीं क्या देख के रजिन्दर बाहर की तरफ़ लपका।

उसके जाते ही दिनेश को पीठ पीछे बात करने का मौक़ा मिल गया—"बॉस इसकी नक्शेबाज़ी तो होनी नहीं कम...छै महीने से बस प्लान पे प्लान बना रहे हैं...कभी कुछ तो कभी कुछ..."

रजिन्दर को वापस लौटते देख के दिनेश चुप हो गया—"अबे क्या काबुल का पता पूछने गया था?"

दिनेश भी कम नहीं है।

लेकिन इस बार रजिन्दर ने इग्नोर मारा—"यार ये तो यहाँ भी घूम रई है...पराए मरद के साथ...."

"अबे कौन भूतनी के?" दिनेश इतना खिसियाया हुआ था कि उसने तय कर लिया था कि रजिन्दर को कोई पैंतरा देना ही नहीं।

"वोई रतूपुरे के स्टॉप पे जो उतरी थी...वो जो आधे घूँघट में...बोला नई था मैंने जो..."

"तुझे क्या करना है भई...आधा घूँघट डाले या नंगी होके घूमे...रुका रह...तेरी बात करनी पड़ेगी भाभी से..."

"अरे नई यार...मेरे से अपनी ना सँभलती..."

"तो बेबात केई गरम हो रिया भलामानस?"

"शौक़ीन है वो...मेरे पास से खरीद के लै जावै अन्दर का माल-टाल सारा...एक बार तो किसी इंग्लिस की किताब से फोटू काट के लाई थी...

बोली दिल्ली जावै हो...ऐसा वाला दिखै तो लेते अइयो दो-चार हमारे लिए... मैंने कहा...कितने का पड़ेगा एक, पता भी है? अब दिल्ली जाओ तो एक से एक माल दिखै साला काँच के पीछे रक्खा...दाम पूछो तो पिसाब निकल जावै...अपनी मारकिट साली है नई ऐसी...साढ़े सोलह की उठावें तो बीस की बोलें...वो भी एक गिराहक नई जो हमारे बोले पे टेंट ढीली कर दै...साला चवन्नी-चवन्नी पे अटका रह जाएगा आधा-आधा घंटा...लेकिन ये वाली बोली...आप लाके तो दो...दाम हम देंगे...ये लो एडवांस...और बिलौज में हाथ डाल के निकाला और एक दे दिया सौ का पत्ता...एकदम करारा...बोली ये जो फोटू में देख रहे हो येई सैज का लइयो...मैंने कहा सैज तो ठीक है पर डिजैन भी यई चलेगा क्या?"

दिनेश हँस पड़ा।

रजिन्दर छितर गया—"हँस मत लौडूचन्द आगे सुन...अरे भई कोई एडवांस देके बोले ले आओ...आप तो ले आए...और वो लेवै नई तो गई ना अपनी भैंस पानी में?"

"वो कैसे चूतिये? एडवांस दे रक्खे हैं...पूरे सौ...वो भी बिलौज से निकाल के गरमागरम करारे वाले...तो न लेवै तो घर को जा...तेरे बाप का क्या जाता है..."

"बेटा वोई तो...इसीलिए कहते हैं धन्धा करना हमसे सीखो...मैं तो वो फोटू देख कैई समझ गया था कि ये वाला आइटम...वो सौ दे रई थी ना... तो एक गिरेगा अस्सी-नब्बे का...चार ले आया और लेके ना गई तो बोल कित्ते का नुकसान?"

"बेटा धन्धे के लिए चैये जिगरा..."

"अबे जा जा...जिगरे की कोई कमी ना हम में..."

"अच्छा! छै महीने से तो देखा नई तेरा जिगरा!"

"ओह्यह्यह्यह्यह्य! तो मिरच यहाँ फँसी है...चल भई...लौटती में तेरे 'सकूले' कोई डन करते हैं...फिर मत कैना बोला नई था..."

फिर दोनों चुप पड़ गए। रजिन्दर इतना सटका कि उसने हींग भी नहीं ली।

"अरे भई अपना काबुल तो लेता जा...हमारा ग़ुस्सा भाभी जी पे क्यों उतार रया है..."

पीपलटोले का आदमी एक बार सटक गया तो कई-कई दिन तक सटका रहता है। बात तो सही थी दिनेश की। रजिन्दर ने एक-तिहाई का वायदा तो कर दिया था उछाह में आके लेकिन उसके पास कुछ था नहीं। दुकान से जो भी आता वो कम ही पड़ता। रज्जो पे चलता तो लोगों को लगता पैसा तो होगा इसके पास लेकिन घर की छतें चू रही थीं और अगली बारिश आने तक ठीक नहीं करवाईं तो पूरे घर का ताल-तलैया होना ही था। अम्मा रह-रह के बीमार पड़तीं। बिना दहेज के छोटी बहन घर में ही पड़ी थी। बड़ा भाई ढोर हस्पताल में कम्पौडरी करता था ऊपर से औलादें कर लीं चार। यूँ समझो कि रजिन्दर हाथ छोड़ के बैठ जाए तो भूखे मरें साले सब के सब।

"और नक़्शे देखो सालों के...उड़द की काली खिचड़ी बन जाए तो तीन-तीन चम्मच घी चुआते हैं...जब से दस तोले का हार दिया है इसकी भी फरमाइशों का पूछो मत...एक दिन माल लेके लौटा दिल्ली से तो गठरी खोल के वो आधे घूँघट वाली की ब्रा देख ली...कहने लगी कि ये तो हमैंई दे दो... क्या करेगी भई तू जाली वाली ब्रा पहन के?...हमैंई देखना है और हम ख़ुश हैं जो भी दिखता है...लेकिन नहीं...लेकै मानी साली...उस दिन से आधे घूँघट वाली का माल घर पे नहीं ले जाता रजिन्दर...90 की ब्रा कोई मज़ाक़ है...जल्दी कुछ ना हुआ तो ये घरवाले साले सब के सब मिल के बनारस भेज देंगे..."

लौटते वखत कुड़का पार कर के बाईं ओर एक के बाद एक तीनों फैक्टरियाँ अपनी चिमनियों से धुआँ उगलती घेरने लगीं। सात साल पहले नारायण दत्त तिवारी जब यू. पी. के चीफ मिनिस्टर बने थे तो सैकड़ों किसानों के खेत इन फैक्टरियों की खातिर स्वाहा हो गए थे। ज़मीनों के बदले में उन्हें मिली 800 रुपल्ली की मज़दूरी।

***

सटके हुए रजिन्दर ने हमें तिकोनिया पे ही उतार दिया। मैं और दिनेश उसकी वर्कशॉप पे पहुँचे तो शटर अभी तक आधा ही डाउन था।

"आने दो साले को...इसकी पेचिश तो मैं निकालता हूँ आज..." अपने आप से बड़बड़ाया दिनेश और शटर ऊपर उठा दिया।

अन्दर पोस्टमैन डाक फेंक के गया था। ट्रैक्टर पार्ट्स वाली कम्पनियों की चिट्ठियाँ थीं और लखनऊ से छपने वाला रोज़गार समाचार। दिनेश को पता था कि कम्पनियों की चिट्ठियों में बकाया पैसे भेजने की ताकीद होगी इसलिए उसने वो बिना खोले एक रजिस्टर के नीचे दबा दी और रोज़गार समाचार खोल के अपने मतलब की नौकरियाँ ढूँढ़ने लगा।

"ईशान बाबू चाय पियोगे?" दिनेश ने एक पेन उठा लिया कि जो-जो काम का दिखे तो घेरा डाल दे चारों तरफ़।

मैं उठ के तीन दुकान छोड़ चाय वाले के पास चला गया।

"बाउजी बत्तीस चढ़ गए हैं..." मैंने बीस का नोट बढ़ाया और चाय के साथ एक-एक ब्रेड ऑमलेट का बोल के वापस आ गया। ठाकुरद्वारा के लोग उधार पूरा चुकाने की ग़लती कभी नहीं करते।

***

शाम हुई तो क़स्बे की लोडशेडिंग शुरू हो गई। मोहल्ले का जेनेरेटर भड़भड़ा कर काला-काला धुआँ उगलने लगा और मरियल-सी रोशनियों में घर ऐसे लग रहे थे जैसे भभकती लालटेनों का कारवाँ ठहर गया हो। शाम के इस बखत सब कुछ ठहर जाता था। बस चूल्हों के आसपास हलचल होती। मोहल्ले में बड़े-बूढ़ों के बीच दो बखत टट्टी जाने का चलन था। ये कब और कैसे शुरू हुआ कोई नहीं जानता लेकिन ये 'टट्टी-जाऊ' बम्मन संडास में काफ़ी-काफ़ी देर तक बैठते। इससे घर की लुगाइयों को बड़ी राहत रहती और खाना बनाते समय "अरे! ये कौन से ज़हर का बघार लगा दिया?" और लाल मिर्ची के तड़के पे दो-दो फुट उछल के खाँसते 'जान ही ले लो' जैसे कमेंट्स से छुटकारा मिल जाता। ऐसे लोग जब एक दिन के लिए भी टट्टी नहीं जाते तो इनकी औरतें चिन्ता में पड़ जातीं और हाजमा ठीक करने के लिए हींग डले चने के हलवे जैसे उपाय करतीं। ये हलवा एकदम अखाद्य होता इसलिए टट्टी-जाऊ लोग हाजमा ठीक न होने पे भी घंटा भर ना सही तो संडास में ऐसे झूठमझूठ आधा-पौना तो निकाल ही लेते। ये वो जगह थी जहाँ मोहल्ले की राजनीति से लेकर देश भर की चिन्ता की जाती। बाम्मनों का ज़ोर कम हो रहा था।

लड़कों को नौकरियाँ नहीं थीं। पुरखों की ज़मीनें कौड़ियों के मोल बिक रही थीं। क़स्बे के अकेले चौराहे पे वो चमार के लौंडे ने तिमंजिला बनवाया था। छाती ठोंक के। कोई और बखत होता तो क्या होती हिम्मत? साले के घर में पाँच लौंडे और पाँचों को मलाईदार नौकरियाँ। पिछले चुनाव में बहन जी 102 सीट ले उड़ी। आज 102 हैं कल राज करेगी। आज एक का तिमंजिला मकान है। कल दस के होंगे। ज़माना बदला भी तो साला ऐसेई बदलना था क्या? बाम्मनों की नीची होती छतों के बारे में आख़िर कौन सोचेगा? तो हाजमा ठीक हो ना हो पर टट्टी पे तो जाके बैठें। कुछ तो चिन्तन-मनन करें।

मैं ट्रांजिस्टर लेके ऊपर छत पे चला गया। ओस में भीगी फोल्डिंग कॉट खोली और लेट के बस ऐसे ही इधर-उधर के स्टेशन पकड़ाता रहा। कभी गाने तो कभी न्यूज़। बीबीसी के पास ही कोई स्टेशन मिनमिनी-सी आवाज़ में इटालियन ओपेरा सुना रहा था। एंटीना पूरा खोल के भी जब पकड़ में नहीं आया तो बीबीसी सुनने लगा। पता नहीं कब नींद झपक गई। आँख खुली तो छाती पे कुछ था। खुशबूदार, गर्म और बुखारी पारे की तरह थरथराता हुआ। बस एक पल के लिए और फिर वो छिटककर अलग हो गई।

"हाय हाय! ये तो तुम ना हो जी!" उसने घबरा के कहा।

"कौन?" अँधेरा इत्ता था कि बस ख़ुशबू दिखाई दे रही थी।

"आप तो भैया हो...भूल हो गई...हम समझे आप वो हो..."

"कोई बात नहीं..."

"वो भी ऐसेई खाट पे लेट के रेडियो सुनै हर रोज़...मैं भी कहूँ आज गाने छोड़ के इंग्लिस में क्या सुन रये हैं...भूल हो गई...नई-नई छत है न तो पता नई चला..."

"कोई बात नहीं...कुछ चाहिए हो तो बताइएगा..."

एक छोटा सा वक्फा ज़रूर उछला लेकिन वो खाट से उठ के नहीं गई। मैं भी खाट पे उठ के बैठ गया.

"आपके हस्बैंड...वो..." ऐसे ही कुछ तो बात करनी थी।

"बैंक मनीजर हैं...रतूपुरे में...पाँचवीं पूरा हो गया बच्ची का तौ... आजकल तो लड़की को भी पढ़ाना ज़रूरी...नहीं भैया?...चाची बतावैं आप तो बड़े पढ़े-लिखे हो..."

"आप कितना पढ़ी हैं?"

"मैं तो भैया...सातवीं का इक्जाम दिया था...एक शादी पे गई तो इन्होंने देख लिया...लोग बोले बैंक में किलर्क है...तो बस...सातवीं का रिजल्ट भी ससुराल जाके मिला...सातवीं फेल हूँ..."

मुझे हँसी कोशिश करके भी नहीं आती। पहले ख़ूब हँसता था लेकिन वो कोई दो हज़ार साल पुरानी बात है। वो ज़ोर से हँसी तो मैंने भी अपने होंठ खींच दिए।

"इन्होंने बोला तू तो फेल हो गई तो मैंने कहा, आपके चक्कर में... स्कूल के सारे मास्टर मेरे पीछे रैवे थे...अब उनकी लौंडिया से ब्याह करके छीन लोगे तो फेल ही होंगे हम..."

इस बार वो हँसी तो मुझे भी हँसी आ गई।

***

मन का झूठ चल जाता है। तन का झूठ एक पल नहीं चलता। प्रियंवदा ने ऐसा कुछ भी नहीं किया था जिसे धोखा माना जाए। उसने तो सिर्फ़ इतना कहा था कि फ़िलहाल इस समय वो अपनी जिन्दगी को, अपनी ख़ुशियों को मुझसे ऊपर रखना चाहती है। मुझे बुरा नहीं मानना चाहिए था। लेकिन मैंने जानबूझकर बुरा माना और धीरे-धीरे ये बुरा लगना एक दुख में तब्दील होता गया। वो दुख जो सुख देता था। पहले की तरह मैं तब भी हर रोज़ सुबह उठ के सबसे पहले उसी का सोचता। रात को सोते बखत उसी से बातें करता। लेकिन अब ये बातें उस लड़की से होतीं जो मुझे धोखा दे रही थी। और फिर मेरे मन की उड़ान मुझे मेरी बरबादियों के आसमान तक ले जाती। पता नहीं कैसे और क्यों मैं भी टोरंटो में होता। एकदम उजड़ा हुआ। और वो अपने किसी दोस्त के साथ मुझे मिलती। कामयाब और बहुत-बहुत ख़ुश। और तब मैं चाहता कि वो मुझे अनदेखा कर दे। मैं चाहता कि वो मुझसे ऐसे बातें करे कि जैसे हम अनजान हों। बुजून की डिओराइट्स को मेरी उँगलियों ने जब महसूस करना बन्द कर दिया तो मैं नौकरी छोड़ के यहाँ लौट आया। बाम्मनों के मोहल्ले में। खुर्री खाट के सपने बहुत अलग होते हैं। बहुत कोशिश करके

भी जब सिर्फ़ प्यार वाली प्रियंवदा ही दिखती रही तो मैंने अपने सपनों को एक कील पे टाँग दिया। पॉज़ पे हिलके मन का ये झूठ अन्दर ही अन्दर खदबदा रहा था लेकिन अब मेरी भूख खुल गई थी। मन करता कि कहीं बाहर निकल के लोगों से दो चार बातें की जाएँ।

***

वो मौक़ा ताड़ के मेरे पास चली आती। छत पे होता तो कपड़े सुखाने के बहाने। अपने कमरे में होता तो मुझसे पढ़ने के बहाने। मम्मी से उसकी छनने लगी थी।

"चाची...भैया तो भौत पढ़े-लिखे हैं...उनको बोलो ना हमको भी पढ़ा दें..." और सबको दिखाने के लिए वो जाके स्कूल में अपना नाम भी लिखा आई।

दो दिन गई भी और फिर आके बोली—"सरम आवै...हमारी तो मास्टरनियाँ भी हमसे छोटी हैं...भैया आप घर पेई पढ़ा दो...बस इक्जाम दे देंगे स्कूल में जाके..."

एक दिन छत पे चाय-पकौड़ी ले आई—"चाची बतावैं...भैया तो जान देवैं पकौड़ी पे...आपके लिए ख़ास बनाई..."

एक दिन कपड़े सुखाते हुए तसले से अपनी ब्रा निकाल के हाथ में थमा दी—"भैया वो उधर सुखा दो ना...वो अन्टीना के ऊपर...हाथ ना पहुँचता मेरा...इधर तार पे धूप भौत है...नई ली है...रंग उतर जाएगा..."

मन का झूठ चल जाता है। तन का झूठ एक पल नहीं चलता।

मैंने भी मज़ाक़ कर दिया—"अरे वो एंटीना है टीवी का...पूरे मोहल्ले को दिखानी है क्या?"

"अब इत्ता ऊँचा भी नई है कि मोहल्ले को दिख जाए..." उसने मेरा मज़ाक़ समझा नहीं।

"लोह्यह्यह्यह्यह्य!! तुम्हें नहीं पता? ये जो एंटीना पे रखोगी तो सिग्नल कैच कर लेंगे इसे और फिर पूरे मोहल्ले में हो जाएगा तुम्हारी ब्रा का एडवरटाइजमेंट!"

"हाय-हाय! सच्ची में!" मेरे सख़्त चेहरे को देख के वो सोच में पड़ गई—"लेकिन ये कैसे पता चलेगा कि ब्रा मेरीई है? भौत सी लुगाइयाँ सुखावैं छत पे।"

"पर तुम्हारे जैसे हैं नहीं न किसी के!" कहने को तो मैं कह गया पर कलेजा उछल के गले में जा अटका।

मुझे याद है उसने कंची आँखों से देखा था मेरी तरफ़। कुछ उठा भी था उन आँखों से। जैसे आख़िरी रोटी सिंकने के बाद तवे पे बूँदें मार दो तो कचियाया हुआ धुआँ उठता है। पहले उसके होंठों से शैतानी ग़ायब हुई फिर मुस्कराहट। और फिर वो तसला उठा के चली गई।

उसने पढ़ने के लिए आना छोड़ दिया। छत पे कपड़े वो तब सुखाती जब मैं नहीं होता। मैंने अपने आपको ये कह के समझा लिया कि मैंने ऐसा कहा ही क्या था। 'तुम्हारे जैसे' से मेरा मतलब 'तुम्हारे जैसे ब्रा' से था। लेकिन उसे भी पता था और मुझे भी पता था कि मेरा असली मतलब क्या था। अब जब तुम ठिठोली करती हो तो कुछ नहीं। मैंने कुछ कह दिया तो सटकी बैठी हो। कुछेक दस दिन बाद उसे अपनी मौसेरी बहन की शादी में जाना था। वो जब चली गई तो मेरे दिमाग़ को उसने और घेर लिया। ये प्यार था भी और नहीं भी था। वो मुझसे दस साल बड़ी थी। शादीशुदा थी। एक बच्ची थी उसकी। और सातवीं फेल को लेके मैं कुछ सीरियसली सोचता भी तो पूरी दुनिया मज़ाक़ उड़ाती।

***

रजिन्दर की रूठा-रूठी उस दिन ख़त्म हो गई जिस दिन मैंने उसे जाके बताया कि दिनेश अपनी दुकान बन्द कर रहा है। रजिन्दर के घर मैं बहुत दिन बाद गया था। पुरानी गिट्टी-ईंटों से बने इस मकान का इतिहास बहुत पुराना है। पहले ये बड़ा सा मकान एक सराय हुआ करता था। दूर परदेस से बाम्मनों की आने वाली बारातें यहीं ठहरा करती थीं। मशहूर है कि पंडित मदन मोहन मालवीय भी इलाहाबाद की किसी बरात में यहाँ आए थे। उस ज़माने के बुड्ढे कहा करते थे कि उन्हें ये जगह इतनी अच्छी लगी थी कि वो छत पे खड़े कुड़का

के उस पार देखते हुए न जाने क्या-क्या सोचते रहे थे। इससे भी ज़्यादा मशहूर था कि अंग्रेज़ों से छिपते हुए सुल्ताना डाकू ने यहाँ एक रात शरण ली थी। उस समय हिन्दू-मुस्लिम इतना नहीं चलता था। लेकिन सबसे ज़्यादा मशहूर था वो क़िस्सा जिसे देखने वाले तो मर गए लेकिन आज भी जब ठाकुरद्वारे के पागीबाज़ उसे याद करते हैं तो घंटों-घंटों चलता है।

1956 की बात है। नेहरू और हिन्दी फ़िल्में लोगों को वो सपने दिखा रहे थे जो देखने-सुनने में अच्छे लगते थे। हरित क्रान्ति खेतों की मुँडेरों तक पहुँच चुकी थी और लहलहाती फसलों के बीच ऊँची जाति वाली बैजयन्ती माला जब एक नीची जाति वाले दिलीप कुमार के साथ नाचने लगी तो हमारे मोहल्ले की एक ब्राह्मन लड़की ने इसे दिल पे ले लिया। उसका ये दलित लड़के से प्यार कुछ दिन तक किसी को पता नहीं चला। जब उस लड़की की शादी तय हुई और उसने बड़े ही फ़िल्मी अन्दाज़ में अपने बाप-चाचा-ताऊ को अपना प्रेम-प्रसंग सुनाया तो तीनों ने मिलकर उसकी जमकर कुटाई की। हिन्दोस्तान बदल ज़रूर रहा था लेकिन इतना भी नहीं बदला था कि असली ज़िन्दगी फ़िल्मी हो जाए। तुरत-फुरत रिश्ता पक्का करके बारात बुला ली गई। घर और पड़ोस में भी जब रिश्तेदारों को ठहराने की दिक़्क़त आने लगी तो लगन वाले दिन होने वाली दुल्हन को उसकी चाची-मौसियों के साथ सराय में ही भेज दिया गया। और यही उनकी भूल बन गई। कहते हैं कि वो शाम उस दिन पीली आँधी लेके आई। घरों के दरवाज़े रह-रह के साँकलें तुड़वाने लगे। चारों तरफ़ धूल के ऐसे बगूले कि हाथ को हाथ नहीं सुझाई देता था। फिर अचानक से जैसे आँधी आई थी वैसे ही चली गई। और तब लोगों ने देखा कि सराय की दोमंजिली वाली खिड़की पे वो लड़की धू-धू कर के जल रही थी। आग की लपटें ऐसी कि उसके बदन पे चढ़ा सोना-चाँदी पानी बन-बन के चू रहा था।

उस साल वहाँ कोई और बारात नहीं रुकी। लोगों को गली से निकलते ही पड़ने वाला बैगन महाराज का अहाता पसन्द आने लगा। दीवारें भी बड़ी 'टची' होती हैं। जब बरसों तक कोई लेडीज़ संगीत-हल्दी-उबटन नहीं हुआ तो सराय की दीवारें भी मुरझा के भुरभुराने लगीं। एरिया बड़ा था लेकिन कोई खरीदार आगे नहीं आया। 'अभी तो इतनाई है बाक़ी का चुकाते रहेंगे'

बोल के रजिन्दर के बाप और उनके दो भाइयों ने सराय को अपना मकान बना लिया। लोगों ने समझाया भी कि मत लो। सस्ते में मिल रहा है तो क्या। नाहस घर है।

***

रजिन्दर, मैं और रज्जो ने दिनेश को उसकी होने वाली चचिया-ससुराल में जा घेरा। हमें देख के वो हड़बड़ा गया।

"सालों तुम्हें चैन नई है..."

"यहाँ क्या बुंड मराने आया है? साले ससुर से दहेज लेके उन मुर्गियों की गांड में डालेगा क्या?"

"देख भाई दिमाग़ तो ख़राब कर तू मत मेरा...समझा ना...खाने का टैम है...बोलै तो रोटियाँ और सिंकवा दूँ?"

"रोटी की छोड़...दुकान बन्द कर रया ये बताया भी नई तूने?"

"न तुमसे पूछ के खोली थी न पूछ के बन्द करूँगा..."

"लै भई...तू तो वाकई में बुरा मान गया..."

"भाईसाब बुरा तो आप माने...जो बारह दिन से एक बार नई आए दुकान पे..."

रजिन्दर ठठा के हँस पड़ा—"अब करी ना दोस्तों वाली बात!" फिर मेरी तरफ़ आँख मार के बोला—"दिन गिन रया था लौंडा मेरा..."

फिर दिनेश की कौली भर के रजिन्दर लाड़ में उसे इधर-उधर बगेलने लगा—"तू रोटी खा के आ...हम तुझे मोड़ वाले खेत पे मिलते हैं..."

"खाके जाओ यार...बोल देता हूँ..."

"बेटा तू पचा ले ससुराल का...हमसे तो ना खाया जावैगा..."

"अबे मेरे भी रिश्तेदार हैं ये...साला! ससुराल की सुनावै है...ख़ुद तो जाकै रबड़ी चाटै...हमैं बोल रिया!"

बगड़ की दो मोटी थपी रोटी और सग्गा प्याज डला आलू खा के रजिन्दर बोला मज़ा आ गया। फिर जटपुरा वाली सड़क पकड़ के खेत-खेत होते हुए हम एक पुलिया पे जाके बैठ गए। कभी कुड़का इधर से होके

भी बहती थी। फिर उसने रास्ता बदल लिया। पुलिया के नीचे गोल सफ़ेद पत्थरों का सिलसिला, और भी ज़्यादा सफ़ेद कचनार के जंगलों में जाके ग़ायब हो रहा था। दोनों तरफ़ ऊँची-ऊँची कास की सफ़ेद घास थी और उनके पीछे पके हुए गेहुँओं के खेत। मुझे वैन गॉफ की 'व्हीटफील्ड विद अ लार्क' याद आई। खेतों के ऊपर पीले आसमान में थमी हुई एक चिड़िया। पता नहीं वो थक चुकी है या और उड़ना चाहती है। और फिर मुझे वो फ्रेंच लड़की याद आई जो एक बार गिरीश के साथ हमारा क़स्बा घूमने आई थी। सुबह होते ही हम तीनों साइकलों पे गाँवों की तरफ़ निकल जाते। उस लड़की को टूटी-फूटी इंग्लिश आती थी और गिरीश को भी। उस समय तक मुझे वो भी नहीं। वो कुछ-कुछ बात करते और मैं बस शब्द पकड़ पाता। वो बातें करते और मैं साइकिल के शीशे पे भाप छोड़के लिखता—बुर्जुआ, पैजेंट, रेवोल्यूशन। पुलिया की नंगी ईंटों से पलस्तर नोचते हुए दिनेश ने अपनी राम-कहानी सुनाई।

"ये साले पार्ट्स के धन्धे में हो रिया नुकसान...बड़ा वाला...बकाया इत्ता चढ़ गया है कि कोई कम्पनी अब माल ना भेज रई...साले कोर्ट ले जांगे की चिट्ठियाँ भेजते हैं...बन्द कर दूँ तो पीछा छूटे...नौकरी मिलने वाली नई... अब बोल अब क्या करना है..."

थोड़ी देर तक हम लोग चुप रहे। साइकिल के शीशे पे जो भी लिखा था वो मैंने मिटा दिया। रजिन्दर ने अपना हाल सुनाया।

"मेरा तो एकदम मोटा-मोटा हिसाब है...दुकान पै हर महीने पाँच सौ-हज़ार का नुकसान...ये अख़बारों से जो आता है वो दुकान में लग जाता है... एक आइडिया है...बोलो तो सुनाऊँ?"

रजिन्दर की आवाज़ में था कुछ ऐसा कि दिनेश ने पलस्तर नोचना बन्द कर दिया।

"चलो बैंक डकैती करते हैं..."

एक हल्की सी आड़ी-तिरछी मुस्कराहट उभरी दिनेश के चेहरे पे और फिर वो एकदम सुन्न-सा हो गया।

***

बहुत दिनों बाद दिनेश की सगाई से तीन दिन पहले जब हम बेमौसम के पटाखे खरीदने रामपुर गए और शमीना बानो की कोठी के सामने पटाखों वाली गली में घुसे तो दिनेश ने रुक के कहा—"एक बात बोलूँ ईशान बाबू? ये जो भी हम कर रये हैं ना...कोई ग़लत ना है...डकैतों के देश में डकैती कोई ग़लत है क्या? कित्ती बार सुपने में दिखा करै था...लॉटरी निकल आई दस लाख वाली...सड़क पे नोटों से भरा बैग मिल गया...साला सुपने देखने से तो अच्छा कुछ कर ही मरो..."

दिनेश ने पटाखों की लिस्ट निकाल ली और पहली दुकान के अन्दर घुस गया। मैंने पीछे मुड़ के शमीना बानो की कोठी की तरफ़ देखा। कोठी की ऊँची दीवारों के पीछे काग़ज़ के गुलाबी फूलों वाले पेड़ इस बसन्त पंचमी के रोज़ ख़ुश-ख़ुश खड़े थे।

20 साल पहले
1974

झौंसी हुई कचरी की महक नाक में घुसी तो छुन्नन के पैर तेज़ हो गए। पीपल के चबूतरे पे चूड़ियों का बक्सा सँभाल के उतारा और पलट के देखा तो महीप चौबे सामने खड़ा था। बाम्मनों का ये लौंडा पीपलटोले मोहल्ले का सबसे अच्छा और सबसे दिलेर पतंगबाज़ था। माँझे वाली पतंगों की भीड़ में भी सद्दी लेके उतर जाता और खेल खिलाता रहता। छुन्नन सबकी पतंगें काटते लेकिन महीप वाली छोड़ देते। उन्हें महीप का चरखी भर ढील देके पतंग ठुमकाना अच्छा लगता। साथ वाले कहते—"काटो उस्ताद! साला बाम्मनों का लौंडा है। लेकिन छुन्नन को पतंगों की साम्प्रदायिकता रास नहीं आती थी। कायस्थों और भड़भूँजियों के मोहल्लों को पार करके धतूरे के इस मैदान में वो इसलिए थोड़े ही आते थे। अखाड़ा जहाँ मिलेगा पहलवान वहीं जाएगा ना।

"दो का पत्ता बना दे भाई..." ठंड के मारे सुन्न पड़े हाथों को सहलाते हुए छुन्नन बोले।

"दो आने में तो घी भी चूने से मना कर देगा खाँ साब...अठन्नी तो हो कम से कम..." सतीश ने महीप के दोने में जली हुई खुरचन भी खींच दी। कुछ लोगों को ये इतनी अच्छी लगती है कि वो बचा के रखते हैं बाद में खाने के लिए।

"भाई दो आना नहीं दो रुपैय्या...घर के लिए ले जाऊँगा...डेढ़ की बाँध दो और अठन्नी की यहीं दे दो..." छुन्नन का दिल किया चबूतरे पै बैठ लें थोड़ी देर।

पता नहीं क्यों आजकल सुबे-सुबे थकान सी हो जाती है। लौटती पे मौलवी की चलती-फिरती जड़ी-बूटियों वाली दुकान पे हो लेगा। बड़ा नाम है उसका। शराफत की बीवी पेट से आ लेती थी लेकिन ठहरता नहीं था। आज पाँच-पाँच औलादें हैं। और वो बुद्धन, कमालपुरे वाला। 32 की उम्र में ही कबर में पैर लटका दिए थे। भरी जवानी में सूखता चला गया। मौलवी ने ऐसा क्या खिलवाया कि आज पंजा ना गिरा सके कोई उसका। अब्बा को भी लेके गया था। कुछ पत्ते दिए थे सूखे मौलवी ने। बोले तीन दिन भिगो के उसका पानी पिलाओ छै महीने तक। आज तक जो पाप किए हैं उनका असर तो खींच लेंगे ये पत्ते लेकिन आगे भी बीड़ी धौंकता रहा तुम्हारा बाप तो आगे वो समझे और तुम समझो। अब्बा ने तो कुछ समझना था नहीं। अब हमैं समझ रहे हैं सब कुछ।

महीप की आदत है हबड़-हबड़ खाने की। लेकिन आज वो इत्ते धीरे-धीरे क्यों खा रहा है। सतीश को अपने ठेले पे ऐसे सरफ़िरों का ज़्यादा देर रुकना अच्छा नहीं लगता। पता नहीं कब क्या चुल्ल उठ जाए। और ये छुन्नन को ऐसे बार देख क्यों रहा है। कहीं साले के दिमाग़ में कोई दंगा-वंगा तो नहीं। वैसे ठाकुरद्वारे में कोशिश तो बहुत की लोगों ने दंगा करवाने की। दोनों कौमें फिफ्टी-फिफ्टी हैं। पर कहते हैं दंगे वहाँ होते हैं जहाँ कोई एक कौम कम होती है। बराबरी के हों तो डर लगा रहता है दोनों पार्टी को। महीप जब दोना फेंक के घी चुपड़े हाथ मुँह पे रगड़ के हँस के बोला—"और छुन्नन मियाँ! भौत दिनों से पतंग नहीं दिखी आपकी।" तो सतीश की जान में जान आई।

"बस...जिनगी की पतंग उड़ा रहे हैं..." छुन्नन की बेचारगी को सतीश ने ख़ूब समझा।

एक ज़माना था जब वो नजीबाबाद के रेडियो स्टेशन में ऑडिशन देके आया था और चिट्ठी भी आ गई थी कि आ जाओ। कैसे जाता। साली ये जिनगी की पतंग हाथ छोड़े तब ना।

***

नईमा का भाई आगे-पीछे ऐसे नौड़ रया था कि सुग्गो हट जाती दरवाज़े से तो शर्तिया अन्दर घुस जाता।

"रामपुर के नवाब की बहन है..." नईमा का भाई फुसफुसाया।

"हाँ तो!"—सुग्गो पल्ला बगेल के आगे खड़ी हो गई तन के।

"क़सम से बड़ी वैसी चीज़ है..."

"तो तुझे क्या?"

"रजिन्दर कुमार के लौंडे से चक्कर चलाया था बम्बई जाके...वो ना आती वो माधुरी...उसमें छपा था..."

"तो तू क्यों आया है...तू तो ना है रजिन्दर कुमार का लौंडा!"

"दारू पीती है खुलेआम!"

"तो तू क्या जामा मस्जिद का इमाम है कि चौपाल बिठाएगा..."

"एक बार अन्दर जाके मिलने तो दे..."

"क्यों भई? तू क्या करेगा 'बड़ी ऐसी-वैसी चीज़' से मिल के..."

नईमा के भाई ने एक और तोड़ सोचा। आख़िर मोहल्ले में घट रहे इस ऐतिहासिक वाकये का वो चश्मदीद गवाह होना चाहता था। लेकिन उससे भी ज़्यादा वो पसली तक खुले बटन देखना चाहता था।

"वो तेरा राधे...पल्ली रोज़ इसी गली से होके निकला था..."

"तो?"

"मैंने आवाज़ दी तो बोला उसके बाप ने कत्था-सुपारी लेने भेजा था रौनक के धौरे..."

"हाँ तो?"

“उसका बाप है पनवाड़ी...फिर से लौटेगा लेने...” नईमा के भाई का सुर धमकी भरा था।

“तो क्या करेगा तू?”

नईमा का भाई कुछ ना बोला।

“कुटाई करेगा उसकी?”

नईमा का भाई बस मुस्कुरा दिया। सुग्गो को तो जैसे तलवे में लहर दौड़ गई। दिल किया चिल्ला-चिल्ला के बोले कि हाँ हरामी मोहब्बत करती हूँ राधे से और तुझ जैसे छिछोरे को तो मेरी जूती भी ना पूछे। हाथ भी लगाया न राधे को तो क़सम अब्बा की। वैसे ही हंटर से खाल खींचूँगी ना जब...तो वैसा ही ज़मीन पे पड़ा गिड़गिड़ाएगा तू। लेकिन अन्दर मेहमान थे और बाहर ज़ालिम मोहल्ला। किवाड़ बन्द किया कुत्ते के मुँह पे और अन्दर चली गई।

शमीना बानो हाथ में हिंडोलियम का कप थामे चाय को बस बहला रही थीं। कितना दूध और चीनी डालते हैं यहाँ के लोग। चाय की रबड़ी बना देते हैं। सुग्गो लौटी तो उसका मुँह तना हुआ था।

“कब तक लौटेंगे अब्बा?” शमीना ने प्याला एक तरफ़ रख दिया।

“जी वो मेरे भाईजान हैं...”

“अच्छा! उम्र क्या होगी उनकी?”

“मुझसे दस साल बड़े हैं...”

शमीना बानो को तो जैसे यक़ीन नहीं हुआ। कितने की होगी ये लड़की। पन्द्रह-सोलह। तो भाई हुआ पच्चीस के आसपास। इतनी कम उम्र में ऐसी उस्तादी। इंग्लैंड में देखो। हर हुनर को कैसे चमका के रखते हैं। उन्हें याद है ब्रेडफोर्ड का वो लड़का जिसके स्टॉल पे लड़कियों की भीड़ लगी रहती थी। पिघली चीनी के तार वो ऐसे खींच के घुमाता था कि जो चाहो बना देता था। कॉस्मोपॉलिटन ने कैसे दिया था उसका फ़ोटो कवर पेज पे। वो लड़का खड़ा मुस्कुरा रहा है और उसके हाथ में है कैंडी फ्लॉस से बने एक दूसरे को चूमते लड़का-लड़की। नीचे लिखा था ‘कैंडी फ्लॉस किंग।’ अपने यहाँ करेगा कोई ऐसा। छुन्नन के घर को देखो। गुदड़ी में लाल पल रहे हैं। अगर वाकई में छुन्नन की उस्तादी वोई है जैसा सुना है तो पूरे देश को बताएगी वो उनके बारे में।

"कब तलक लौट आएँगे भाई जान?" आज डिनर पे रुखसाना आने वाली थी। जल्दी पहुँच के बहुत कुछ करवाना था खानसामों से। वैसे उसे रुखसाना उतनी पसन्द भी नहीं। कितना दिखावा करती है। दिल्ली की पार्टीज़ में तो ऐसे आएगी जैसे सीधे पेरिस से पहुँची हो। और जब रामपुर आएगी तो बुरक़ा पहन के। भाईजान कहते हैं सीखो उससे। जैसा देस वैसा भेस। अच्छा हुआ आज निकली तो नज़र नहीं पड़ी उनकी। थ्री बटन डाउन देखते तो सीख देने बैठ जाते। ऐसे जाओगी तो अगले इलेक्शन में कम से कम हज़ार वोट कम हो जाएँगे हमारे। अब कोई क्या खाए क्या पहने—ये सोच के कि जाहिलों के वोट किधर गिरेंगे? पर रुखसाना इस मामले में एकदम चंट। रात के डिनर में नसबन्दी पे होनी है बात। पिछली बार बोल के गई थी—"मिक्की...संजय को बड़ी उम्मीदें हैं तुमसे..." कहती है जामा मस्जिद का इमाम भी साथ है। अरे वो दिल्ली में रहता है। उसे न पड़ी कि बाक़ी का मुल्क कैसे सोचता है। अब कौन समझाए कि ये रामपुर है। भाईजान भी कुछ नहीं कहते। कहीं अगले इलेक्शन में कुछ फाँस न डलवा दे। बड़ी चलती है रुखसाना की दिल्ली में।

"कभी-कभी तो खाने तक लौट आवैं...ना आए तो फिर वोई रात तलक..."—सुग्गो ने बताया।

शमीना बानो ने अपने दरबारी उस्तादों से कहा कि वो छुन्नन उस्ताद को ढूँढ़कर लाएँ। गली में पैर धरते ही लगे दोनों खिसियाने। अब ये सब भी करो। इतने बड़े क़स्बे में एक चूड़ी वाला कहाँ अपनी माँ रडिया रहा होगा कौन जानता है भाई। एक से पूछा तो बोला, वहाँ मिलेगा। दूसरे से पूछा तो बोला, यहाँ मिलेगा। जवाब के साथ सवाल भी—"क्या हो गया? क्यों ढूँढ़ रहे हो?" क़िस्मत ख़राब है इसलिए ढूँढ़ रहे हैं। ख़ैर पता चला कि इत्ती सुबे तो पीपलटोले में ही जाता है छुन्नन। बाम्मनों का टोला है। अलस्सुबे का पूजा पाठ तो और कोई करे ना करे लुगाइयाँ तो उठ ही जाती हैं। गली से निकल के गंज तक पहुँचे। कैसे मनहूस लोग हैं। साढ़े नौ बजा चाहता है और अभी तक एक दुकान नहीं खुली। ठंडी है तो क्या हुआ। खुली होती तो पूछ लेते ये पीपलटोला किधर पड़ेगा। ऐसेई मुँह से भाप उड़ाते खड़े थे कि एक रिक्शा मुड़ के निकला एक गली से। कोई सीधे पल्लू की साड़ी पहन के बैठी थी।

जनानी है। पूछें क्या? अब जनानी रहो या चील की नानी। जो अब न पूछा तो इस मरघट में दूसरा मुर्दा पता नहीं कब आए। रिक्शे को हाथ देके रोका और पूछ ही लिया—"जी ये...क्या नाम बताया...वो कोई..." अब नाम ही याद ना आए। लगे दोनों अपनी दाढ़ियाँ नोचने।

"कोई पेड़ है और उड़नखटोले जैसा है कुछ..."

"पीपलटोला?"

वाह! कितनी समझदार औरत निकली। एक ही बार में पहेली बूझ ली। इसे कहते हैं हुनर कि बख्त रहते इनसान के काम आए। छुन्नन के हुनर का क्या अचार डालें जो इत्ते पाले में बूढ़ी हड्डियाँ कड़कवा रहा है।

"आओ मेरे साथ बताती हूँ..."

अब आएँ कैसे भली औरत। तू है रिक्से पे और हम पैदल। माजरा कुछ समझ नहीं आया।

"अब चढ़ोगे भी या यहीं पे अलाव जला के तापना है?"

चढ़ गए दोनों। क्या करते। चढ़ क्या गए वो खिसक के बीच में बैठ गई और ये दोनों दाएँ-बाएँ टँगे रहे। अजीब सी हालत। इसकी तरफ़ खिसकें तो 'बॉडी-टू-बॉडी' टच मारे और जो ना खिसकें तो पोतड़ों के बीचोबीच रिक्से का हत्था अन्दर-बाहर होवै। नवाब के बाशिंदे थे सो न खिसकने वाला ही बेहतर था। किसी शिशु मन्दिर नाम के स्कूल पे उतर के वो रिक्से वाले से बोली—"चचा पीपलटोला ले जाओ और एक रुपैया ले लेना..."

मास्टरनी आज दिलफेंक मूड में थी। सुबे-सुबे रिक्से की अठन्नी बची सो बची आज इतवार के रोज भी आचार्य जी ने स्कूल बुलाया था तो ज़रूर कोई ख़ास बात होगी।

***

सतीश ने अठन्नी के बराबर का दोने में डाला और छुन्नन को बढ़ा दिया। लेकिन उसका माथा तब ठनका जब महीप भी चबूतरे पे जाके छुन्नन के पास बैठ गया।

"मियाँ आपसे करनी है एक बात..." महीप ने दबी ज़ुबान में कहा।

"बोलो..." छुन्नन ने अमिया-पत्ते की चम्मच-सी बनाई और थोड़ी सी कचरी मुँह में ले ली। थोड़ा नीबू और गरवा लूँगा घरवाले दोनों में।

"जो कर सको तो ठीक...और जो ना हो पावै तो बता दीजौ..."

"हाँ हाँ बोलो..."

"अपनी पतंग कटवानी है...आपसे..."

20 साल बाद
1994

वो बारह रोज़ लगा के लौटी। जैसे ही मुझे देखा अपनी हाय-हाय शुरू कर दी—"देखो तो! कित्ते दिन लगा दिए मैंने! ये भी ना सोचा कि कितना हरज़ हो रया पढ़ाई का..."

"मुझे तो लगा तुमने पढ़ना छोड़ दिया..."

"ऐसे कैसे! बल्कि अबकी तो और ज़ोर लगा के पढ़ना है...जहाँ गई थी ना शादी में...वहाँ सबसे कम पढ़ी-लिखी बस मैं...भैया एक की जगह दो घंटा पढ़ा दो ना..."

मैं कुछ नहीं बोला तो इतरा के बोली—"ऐसा मत समझिएगा...फीस भी देंगे मास्साब आपकी..."

मैंने पूछा कि क्या दे दोगी फीस में तो उसके चेहरे पे शैतानी नाचने लगी—"चाची कहवैं तुम चाय भौत पीते हो दिन भर...तो चाय बना देंगे सारे दिन की..."

"ये तो चाची को छुट्टी दे दी तुमने...मुझे क्या? मुझे तो चाय मिल ही जाती है..."

"अच्छा चलो सूटर बुन देवैंगे...एकदम नया डिजैन सीख के आए हैं शादी से...थोड़ा लाल थोड़ा नीला और उसपै...सफ़ैद सफ़ैद बिन्दी...बड़ा फबैगा तुम पे..."

मैं चुप रहा।

"तो बोलो! पढ़ाओगे जादा कै नई?"

मैंने मुंडी हिलाई और बग़ैर उसकी तरफ़ देखे कमरे से बाहर निकल गया।

अगले दिन से मैंने उसे पढ़ाना शुरू कर दिया और उसने ऊन लाके मेरा स्वेटर बुनना शुरू कर दिया। दिन में दसियों दफ़ा वो आती और कभी मेरी छाती का तो कभी बाँहों का नाप लेती।

एक दिन उसने मेरे सब घरवालों को रात के खाने पे बुलाया। बोली कि दाल-बाफला बना के खिलाएगी। शादी में गई थी तो अपनी मौसेरी बहिन से सीखा जो इन्दौर में ब्याही है। पंडितों को तो साला बबूल के बुरादे पे घी चुआ के खिला दो तो कहेंगे वाह-वाह। घी में डूबे बाफले सबको इतने भाए कि घंटा भर उसी पे बात होती रही। मैं उसकी सजावट को देखता रहा। जौली के चकाचक टीवी पे क्रोशिए का कवर और उसके ऊपर काँच के खिलौने। हर ताख में कुछ ना कुछ शो पीस रखा था। बरेली के बाँस वाले सोफे और गद्देदार कुशन। मम्मी बोली भी—"भई घर तो बड़ा सलीके से रखा है तुमने..."

अगले दिन पढ़ने आई तो लहक के शिकायत लगाई—"लगता है किसी को हमारा बनाया पसन्द नहीं आया..."

आजकल वो मुझसे ऐसे ही बात करती थी। "लगता है किसी का दिल उदास है" या फिर "लगता है किसी को बड़ा तंग कर रहे हैं हम।" उसकी प्रॉब्लम ये थी कि मैं बड़ा चुप्पा-चुप्पा सा रहने लगा था और मेरी प्रॉब्लम ये थी कि मैं वो कह नहीं पा रहा था जो मेरे मन में था।

***

उस दिन छोटी ईंटों वाली पुलिया पे जब दिनेश डकैती की बात सुन के एकदम चुप्पा-सा पड़ गया तो रजिन्दर ने उसकी चुप्पी का ग़लत मतलब समझ लिया। उसने सोचा लोहा गरम है बस एक-दो चोट की बात है।

"अब तू खुदै को देख...मोहल्ले में कौन था तेरे जैसा...ना ना बोलने दै हमें...अम्माँ हमैं सिखाया करती थीं...एक देखो वो कश्यप जी का लौंडा... दिन-रात पढ़ा करै...और ख़ुद को देखौ नासपीटों...एक लफ्फागिरी ख़तम न हौवै दूसरी दन्नाक से शुरू हो जावै...हैस्कूल में फस्स क्लास...इंटर में भाईसाब फस्स क्लास...और फिर...वो क्या बे तेरा भोड़ू...आइए टी...हमने तो नाम भी ना सुना था भाईसाब...अजी हमने क्या पूरा मोहल्ला बोला...क्या बात है...वाह! क्या बात है..."

मैंने देखा दिनेश थोड़ा नरम पड़ रहा था।

"और फिर भाया मेरा...करके लौटा...वहाँ भी टॉप...और नौकरी किसे मिलै...जो साले कल तक हमारे जूते साफ़ करते थे वो आज लाट-गवन्नर बने घूम रहे हैं...ये कोई इंसाफ है...ठीक है भाई...हमारे जनेऊ की इज़्ज़त ना करो...अरे हमारी पढ़ाई की तो इज़्ज़त करो..."

वो दोपहर ऐसी थी कि बस दरी बिछा के गेहूँ के खेतों में सो जाओ। आँखों पे रख लो किसी का दुपट्टा और फिर उसकी ख़ुशबू से देखो नीला आसमान। वैन गॉफ की वो चिड़िया जब टी वी टी टुट टुट कहे तो दुपट्टा हटाओ मत। बोलने दो उसे। वो दोपहर ही ऐसी थी कि बस बह जाना बचा था अब।

***

एक दिन छत वाले कमरे में बैठा मैं सिगरेट पी रहा था तो वो चटाई लेके आ गई।

"कहाँ बिछाऊँ? बाहर बिछाओ तो गर्मी लागै और अन्दर बिछाओ तो ठंड..."

"तो आधी अन्दर बिछा लो आधी बाहर..."

वो हँस पड़ी—"छोड़ौ बिछना बिछाना...यईं बैठ के तुम्हारा सर खाती हूँ..."

और फिर धम्म से मेरे बग़ल में बैठ गई। पुराने सोफ़ा सेट की दो के बैठने वाली कुर्सी थी। वो जो बैठी कुदक के तो एक तरफ़ की बेंत की बुनाई टूट गई थी।

बैठ के बोली—"थोड़ा सरको उधर..."

बिना सोचे मैं सरका और फिसल के नीचे चला गया। वो बेतहाशा हँसने लगी।

उठ के बोली—"हाथ दें या अपने से उठ जाओगे?"

फिर उसकी नज़र मेरी सिगरेट पे गई—"अरे! ये क्या पी रये हो टॉफ़ी जैसा..."

"गाँजा है...वो सिगरेट से...निकाल के...तम्बाकू...मिक्स करके दोबारा भरते हैं तो..."

"हमें भी पिलाओ..." उसने बड़ी संजीदगी से कहा।

"व्हाट? यू वांट टू स्मोक पॉट? लुक एट दिस वूमन...यू गॉन क्रेजी ऑर व्हाट?"

"गाँजा पी के इंग्लिस झाड़ रये हो?"

"तुम गाँजा पियोगी?"

"हाँ!"

"क्यों?"

"हमें भी इंग्लिस बोलनी है..." उसने ऐसी मासूमियत से कहा कि हँसते-हँसते मैंने बची-खुची बेंत की बुनाई भी तोड़ डाली।

अब मेरी पिछड़ी ज़मीन पे थी और पैर ऊपर। उसने झपट्टा मार के मेरे हाथ से सिगरेट छीन ली। मैं चाहता तो उठ के वापस छीन सकता था लेकिन मैंने ऐसा दिखाया कि मैं वाकई में फँस गया हूँ और निकल नहीं पा रहा। मैं देखना चाह रहा था कि गाँजे के दो-चार सुट्टों का उस पे क्या असर होता है। दिखावे में मैं उस पे चिल्लाता रहा और वो बच्चों की तरह हँसती रही।

पाँच कश जल्दी-जल्दी फूँक के वो बोली—"ये तो अच्छी लगती है..."

"हाँह्यह्यह्य! अभी पता चलेगा जब..."

"जब? जब क्या? मुझे तो कुछ ना हो रया..."

और फिर आँखें चमका के वो नौटंकी पे उतर आई—"अरे हाआआन्न्न!!! हो रया है..."

"क्या?"

वो उँगलियाँ नचाती एकदम मेरे ऊपर झुक आई—"यू...यू...यू..."

"आगे...आगे..." बहुत नज़दीक थी वो तब मेरे।

वो फुसफुसा के बोली—"बदमाश को क्या बोलैं अंगरेज़ी में...मास्टर जी!"

"नॉटी..." मैं भी उतना ही धीमे से फुसफुसाया।

"यू...आर...नॉटी...बॉय..."

एक पल के लिए मैं आज़ाद था। लगा कि मैं अब दुखी हुए बग़ैर सुखी रह सकता हूँ। टोरंटो में बर्फ़ पड़ रही थी। होंठों से निकला गाँजे का धुआँ छितरा रहा था। बर्फ़ से लदी कासा लोमा की सीढ़ियों पे किसी से गलबहियाँ डाले प्रियंवदा खिलखिला रही थी। यू आर अ नॉटी बॉय। येस, आय वांट टू बी नॉटी।

और फिर जिस झटके से उसको पागलपन चढ़ा था उसी झटके से वो काफ़ूर भी हो गया। बची सिगरेट का ठुड्डा फेंककर वो उठ खड़ी हुई।

"ये लत अच्छी नई है भैया...हो सके तो छोड़ दो..." और फिर वो चटाई उठा के बाहर निकल गई।

***

जब हम तीनों ने प्लान बनाना शुरू किया तो हमें लगा चलो एक ऐसा मज़ाक़ भी करके देख लेते हैं। रजिन्दर ने जब बताया कि वो रतूपुरे वाले बैंक के बारे में सोच रहा है तो मैंने कहा कि उसी का मैनेजर तो मेरे घर में किराएदार है। दिनेश ने कहा, ऐसा पागलपन भी मत करो कि साला पुलिस को डाका डलते ही शक हो जाए। लेकिन रजिन्दर अड़ा रहा।

"भाईसाब भौत सोच-समझ के किया है मैंने...ठाकुरद्वारे में कित्ते बैंक हैं? पाँच...अब ये जो बस अड्डे पे हैगा...वहाँ तो साला दिन भर गाड़ियाँ और सवारी...दूसरा हैगा वो सेंट्रल बैंक...चार क़दम पे पुलिस थाना है...तो वहाँ भी नहीं लपेट सकते...बाक़ी बचे तीन...और मैं तो ये कह रिया हूँ कि ठाकुरद्वारे के किसी भी बैंक में माल मिलेगा कितना...जादा से जादा 4-5 लाख...वो भी जादा ही बोल रिया हूँ...ऊपर से हर बैंक में बैठे रहवै दो-दो गॉर्ड...सेंट्रल वाले में तो तीन...सब जगह होके आया मैं..."

"अबे क्या पैदा होते से ही बैंक डकैती पिलान करने लग गया था क्या? बड़ी डिटेल मालूम हैं तुझे..." दिनेश को भी अब कम से कम प्लानिंग में तो मज़ा आने लगा था। जैसे वो कोई खेल हो और जिसकी लत पड़ गई हो उसे।

हम लोग क़स्बे के बाहर ढोर हस्पताल के पास वाली गुमटी में मिलते थे। गुमटी के बाहर पड़ी एक बेंच पे बैठते और हम पे ऊपर से नीम की कौली-कौली बौरें गिरा करतीं।

"देख भाई, जो भी करना है सोच-समझ के करना है...तीन-तीन लैफ़ का सवाल है...तूने तो साले किसी लुगाई का उद्घाटन भी ना किया अभी... कम से कम तेरा तो सोचना पड़ेगा..."

"क्यों? शादी तो ईशान बाबू की भी ना हुई..."

"ईशान बाबू का छोड़...वो तो परदेस रैके आए सात साल...वो कैवे न हैं...कि जो भैंस घुस गई चने के खेत में...अब किसको पता...कै चना खावै कै बथुआ...तू अपनी सोच भोडू..."

दिनेश को ये सुन के बड़ा मज़ा आया। वो मेरी तरफ़ देख के बोला—"क्यों ईशान बाबू...चना खाया...कै बथुआ?"

और फिर वो देर तलक हँसता रहा। इतना कि रजिन्दर भी खीज गया।

"यार भैंडचोद सुन तो लो...रतूपुरे में भी है एक बैंक..."

रतूपुरे का नाम सुन के मेरे बाल खड़े हुए लेकिन इसके पहले कि मैं कुछ कहूँ दिनेश ने लोक लिया।

"लो इसकी सुनो...अबे गाँव के बैंक में क्या अरंडी की फसल काटने जाएगा?"

"सई बात है..."

"वाँ के साले वो लट्ठ गँवार...आवै थे दुकान पे टिरक्टरों के पुर्जे लेने... ऐसे-ऐसे सड़े नोट निकाल के देवै थे कि...मैं कऊँ बीवी की बुंड में रक्खे थे क्या सँभाल के...रतूपुरा! बकचोदी मत कर यार!"

"सई बात है..."

"लौ! सई बात है सई बात है...अबे क्या सई बात है?"

"डकैती डालने जाओगे तो एक धेला ना मिलने वाला उस बैंक में..."

"तौ फिर! मनीजर की डांड लेने जाएगा क्या!"

"लेकिन हर महीने की तीन तारीख़ को...उस बैंक में रैवै...अस्सी लाख!"

एक पल के लिए हम तीनों चुप हो गए। जैसे अभी तक चल रहा अच्छा-ख़ासा मज़ाक़ टूट गया हो।

फिर मरियल सी आवाज़ में दिनेश बोला—"पता है कित्ता होवै अस्सी लाख...पूरा पीपलटोला भी ख़रीद लेगा न तो आधा बचा रह जाएगा..."

मुझे लगा अब बोल ही देना चाहिए—"ये रतूपुरे के बैंक का मैनेजर ही तो..."

"मालूम है ईशान बाबू...किरैदार है न तुम्हारा...मोहल्ले की सब ख़बर रक्खैं हम...होने दो..."

"और जो पुलिस को मुझी पे शक हो गया तो?"

"नई यार, बात तो सही है ईशान बाबू की..." दिनेश ने भी हामी भरी।

"तो मतलब जिस बैंक का मनीजर कहीं पे किराएदार हो तो उसके बैंक पे कभी कोई डाका ही ना डालै?" रजिन्दर खिसिया के बोला।

"अच्छा चल आगे चल...ये बता कि तीन तारीख़ का चक्कर क्या है?"

"तीन तारीख़ को बटै वो तीनों फैक्ट्री की तनख्वा...तो उसके लिए आवै पैसा दिल्ली से..."

"इत्ती तनख्वा लेवै ससुरे..."

"भाईसाब अकेली प्रकाश बल्ब में हैंगे 1200 लोग और वो बाक़ी की दो में भी कम से कम हज़ार और होंगे...किसी-किसी को मिलें तीन हज़ार और किसी-किसी को सात-सात हज़ार तक..."

"हमने ही पढ़ के डांड मराई..."

"तौ और काए कूँ कै रिया हूँ लल्ला...हमारी ये मारते आए अब हम मारेंगे इनकी..."

"लेकिन तीन तारीख़ को क्यों? तनख्वा तो एक को बटै सारी दुनिया मैं..."

"मुझे नई पता भाईसाब...जितना पता है उत्ता जान लो..."

हवा ज़ोर की चली तो नीम की पीली बौरें झड़ने लगीं। हमने अपनी चाय के गिलास हथेलियों से ढक लिए।

***

उस दिन पहली बार हम रज्जो पे चढ़ के रतूपुरे गए। लेकिन बैंक को बस बाहर सेइ देखा। अन्दर भी जाके देखना होगा लेकिन वो बाद में। आज तो हम बस रतूपुरे का सुआद लेने आए थे। बैंक के बग़ल में एक हलवाई की दुकान थी। बाहर लकड़ी की टेबल पे तीन परतों में रखे गुड़ के सेवों पे मक्खियाँ भिनक रही थीं। अन्दर काँच की एक अलमारी जैसी चीज़ के भीतर कुछ लड्डू-पेड़े रखे थे। काँच पे इतनी धूल जमी थी कि कुछ पता नहीं चलता था कि हलवाई बेच क्या रहा है। लेकिन चाय अच्छी बनाई ससुरे ने। कड़क और ख़ूब खौला के। चाय थामे हम तीनों बैंक पे नज़र रखे रहे। एक घंटे में तीन लोग अन्दर-बाहर हुए। लोहे के शटर वाले दरवाज़े के बाहर एक गॉर्ड स्टूल पे बाहर बैठ के धूप सेंक रहा था। कभी-कभी वो अपनी दुनाली के मुँह पे ठुड्डी रख के दूर खेतों को ताकने लगता। मुझे लगा वो अब तक गेहूँ के खेतों के सारे दाने कम से कम दो-तीन बार तो गिन ही चुका होगा। दूर बाहर हाइवे पे उतरी बस की सवारियाँ आईं और अपने-अपने रास्ते हो लीं। चार किसान एक खड़-खड़ करती जीप में आए। एक ने उतर के बीड़ी खरीदी और फिर चले गए। रजिन्दर गाली देता उठ के भागा जब एक गँवार कुत्ते ने टाँग उठा के उसकी रज्जो पे धार छोड़ना शुरू किया।

***

अगले दिन वो पढ़ने आई तो पूछी—"कल रतूपुरा क्यों गए थे..."

"तुम्हारे खसम के बैंक पै डाका डालना है..." पता नहीं मुझे क्यों लगा कि मैं उसे राज़दार बना सकता हूँ। वैसे अभी तो मैं मज़ाक़ ही कर रहा था।

अपनी कॉपी-किताब टेबल पे पटक के वो हँसने लगी—"वैसे डकैतों जैसा तो कुछ ना दिखै तुम में...कोई ज़मीन-जुमीन देखने गए होगे...खेती-वेती तो ना करनी?"

"और जो करनी हो तौ?"

"तो अपना पैसा तो डालना मत...लोन दिलवा देंगे अपने उनसे..."

गाँजे वाले दिन के बाद से उसकी बेपरवाही थोड़ा कम हो गई थी। पहले तो साड़ी का पल्लू उघड़ जाए बेबात का और कभी शॉल ऐसे खिसका

जाए कि नीचे से उसकी लो कट पंजाबी कुर्ती दिखे। कई बार तो इतनी गाढ़ी लिपस्टिक पोत ले कि बैठी-बैठी होंठों से चप्प-चप्प करती रहे। जब कोई बदलता है तो दिखाई देता है। समझ आता है कि दूसरा बिना कहे भी बहुत कुछ कह रहा है। बातें अभी भी हमारी ठिठोली वाली ही थीं लेकिन उनके पीछे का तिलिस्म टूट रहा था। शामों को वो अब दिखाई नहीं देती। मैंने पूछा तो बोली बच्ची के लिए टूशन रखवा दिया है शिशु मन्दिर वाली मास्टरनी से। वो आती है तो नीचे ही रहना पड़ता है।

***

हम दो-तीन बार और गए रतूपुरा। जब डाका डाल के भागेंगे तो दो ही रास्ते थे। एक से हाइवे पे आ जाते। लेकिन वो ख़तरनाक हो सकता था। दिन के टैम पचासियों गाडियाँ गुज़रती थीं। एक था रतूपुरे के हाट से निकल के पीछे का कच्चा रास्ता जो अगर गाड़ी पे हो तो दो ही मिनट में कुड़का पार कराके जंगलों में ले जाता था। ये वोई जंगल थे जहाँ मैं और दिनेश एक बार उड़नतश्तरी ढूँढ़ते हुए आए थे।

***

बरसों पहले की बात है। तब रजिन्दर से इतना मिलना-जुलना नहीं था। वो हमसे तीन क्लास आगे था और फेल हो-हो के हमारी क्लास तक खिसक आया था। एक साल तो वो असली का फेल हो गया और एक साल जब चिकोटी मास्टर ने उसके पेट में चिकोटी काटी थी तो उसने भरे बाज़ार में चौका उठा के मारा था मास्टर को। जब उसे स्कूल से निकाल दिया गया तो रजिन्दर के बाप ने आके बड़ी चिरौरी की प्रिंसिपल की। प्रिंसिपल ने स्कूल में तो वापस ले लिया लेकिन दो क्लास नीचे का एडमिशन दिया। तो उस समय रजिन्दर से कोई यारबाशी नहीं थी। ये अन्नो-महीप कांड से पहले की बात है। तब मेरे घर की छतें कच्ची हुआ करती थीं और उनपे बुरुश की घास उगा करती थी। एक दिन मैं और दिनेश बुरुश के कठोलों

से हवाईजहाज़ बना रहे थे। ठंड का बखत। अँधेरा पाँच बजे ही होने लगता था। पता नहीं कैसे पर हम दोनों की नज़र एक साथ चबूतरे वाले पीपल की ओर गई। पीपल के पीछे से एक रोशनी-सी उठी। थोड़ी देर वो ठहरी रही और फिर व्हूशशशश...एकदम आसमान की तरफ़ गई और ग़ायब हो गई। हम दोनों हैरान।

"अबे क्या था यो?" दिनेश बोला।

"पता नई...उड़नतश्तरी जैसी लागै थी..." मैंने अभी हाल-फ़िलहाल में ही मैन्ड्रेक का 'मंगल गृह का हमला' पढ़ा था।

और कमाल तो अगले दिन हुआ। पूरे क़स्बे में बस एक ही टाइम्स ऑफ़ इंडिया आता था—मेरे घर में। अगले दिन उसमें एक ख़बर छपी। पापा को सुबे-सुबे पूरे घर को अख़बार पढ़ के सुनाए बग़ैर हगास नहीं लगती थी। और वो सिर्फ़ ख़बरें ही नहीं सुनाते थे। उनकी चीर-फाड़ भी करते थे। जब कम्यूनिस्ट पार्टी की ख़बर सातवें पन्ने पे छपती और वो भी छोटी सी तो पापा चिल्लाते—"अरे साले पूँजीपतियों के अख़बारों से और क्या उम्मीद करोगे..."

माँ खीजतीं—"तो कोई और अख़बार क्यों नहीं मँगवाते?"

"ससुरा कौन सा मँगवाएँ...एक है ये जैनों का और दूसरा बिड़ला का...सब के सब ऐसेई हैं..."

"क्यों? दीक्षित के यहाँ भी तो आता है एक...वो क्या नाम उसका..."

"अब मैं दीक्षित वाला पढूँगा! लोकल पेपर हैगा वो...फ्रंट पेज पे... किसकी लुगाई किसके संग भग गई...यो छापे हैं वो...मुझे किसकी लुगाई भगानी है...और दीक्षित की बात तो किया मत करो तुम...मनोहर कहानियाँ पढ़ता है वो..."

माँ को दीक्षित चाचा बड़े अच्छे लगते थे क्योंकि वो एक तो भाभी-भाभी करके चिपके रहते थे और दूसरा माँ कुछ भी बना दें उनका बस एक ही कमेंट आता था—"भाभी, उँगलियाँ चटवा दीं तुमने तो..." लेकिन माँ पापा से बहस नहीं करतीं। उन्हें पता था कि हर साल 27 जनवरी और 16 अगस्त के रोज़ पापा का हाजमा बिगड़ जाता था क्योंकि उन दो दिनों अख़बार नहीं आता था। तो उस दिन कम्यूनिस्ट पार्टी की ख़बर खोजते जब

वो सातवें पेज पे पहुँचे तो उस ख़बर के बजाय उन्हें जो ख़बर मिली उसके अनुसार दिल्ली यूनिवर्सिटी के आसपास के इलाक़ों में लोगों ने साढ़े चार बजे के आसपास उड़नतश्तरी जैसी कोई चीज़ देखी थी। एक रोशनी जो तेज़ी से आसमान में उठ के गुम हो गई। यूनिवर्सिटी की लैब के हिसाब से अगले दिन फ़िज़ा में रेडियो एक्टिविटी नार्मल से ज़्यादा थी। मैं और दिनेश सारा दिन स्कूल में छुट्टी की घंटी बजने का इन्तज़ार करते रहे। और फिर छुट्टी होते ही कुड़का पार करके इन जंगलों में आ गए क्योंकि हम दोनों के हिसाब से वो तश्तरी इन्हीं जंगलों में उतरी थी। अगले एक महीने में हमने इन जंगलों की ख़ाक छान मारी। तश्तरी तो ख़ैर नहीं मिली लेकिन इस जंगल का एक-एक कोना हमारे मन में पैठ गया।

लहलहाते खेतों की मुंडेर पे खड़े होके मैंने उस जंगल की तरफ़ देखा तो लगा जैसे वो बुला रहा है मुझे। पछावन की चुभन, गाँजे का उछाह और किसी तिलिस्म का बन्द दरवाज़ा—मैंने हौले से आँखें बन्द कीं तो गुज़रे कल की तलछट ही बची थी बस। कुछ नया कुछ धुपीला-धुपीला-सा अँगड़ाई ले रहा था। एक बार ऐसे ही प्रियंवदा से मिलने दिल्ली गया था। तब वो मुझसे छिपाकर कनाडा का वीजा लेने की कोशिश कर रही थी। मुझसे कहती कि अपनी कजिन के यहाँ जा रही है लेकिन जाती थी कैनेडियन एम्बेसी। मुझे उसका झूठ कभी समझ नहीं आया। उसने कहा था वो मेरे दर्द से डरती थी। लेकिन बाद में जो ज़ख़्म होना था उसका कभी नहीं सोचा उसने। तो ऐसे ही एक दिन घूमते-घूमते मैं पंडारा रोड पे आ गया। धूसर सफ़ेद खम्भों का लम्बा गलियारा और उसके इतर एक बाज़ार। बाज़ार के ऊपर वैसे ही सफ़ेद घर। एक घर था जिसकी खिड़कियों पे हल्के नीले पर्दे टँगे थे। मैं जहाँ खड़ा था वहाँ खिसकते-खिसकते धूप का एक टुकड़ा मेरी हथेलियों पे आ गया। मैंने बग़ैर मुट्ठी कसे ऐसे ही आँखें हौले से बन्द कीं और धूप के टुकड़े से गुज़र के ऊपर वाले उस घर में आ गया। वहाँ मैं था और वो थी। वो कनाडा चली भी गई लेकिन मन के किसी हिस्से में मैं और वो उसी घर में रहते रहे। तब सुख सुख ही होते थे और दुख दुख। हल्के नीले पर्दों के पास ही टँगे रहते वैन गॉफ़ के गेहूँ के खेत और वो चिड़िया। आज गेहूँ के वोई खेत मेरे पैरों के नीचे सलसला रहे थे। पछावन की चुभन थी...गाँजे का

उछाह था...और तिलिस्म का एक बन्द दरवाज़ा...जिसे मैं खोलना चाहता था। इतना शायद मैंने किसी चीज़ को कभी नहीं चाहा होगा।

***

"सच्ची-सच्ची बताओ क्यों जाते हो रतूपुरा इतना..." उसने एकदम संजीदगी से पूछा।

"बताया तो था...बैंक में डाका डालना है..." मैंने भी एकदम संजीदा होके कहा तो वो परेशान दिखने लगी। कुछ पल चुप बैठी रही। मेरा स्वेटर उसने लगभग बुन लिया था। बस गला बचा था जिसको लेकर वो कन्फ्यूज्ड थी कि उसमें भी बिंदियाँ डाले या काला ही छोड़ दे।

"अपने दोस्त की सगाई में पहन के जाओगे मेरा सूटर?" उसने बात बदली।

"मुझे लगा अगले जाड़ों तक बन के मिलेगा..." इस तरह के मज़ाक़ पे वो हमेशा बेसाख्ता हँसती थी। आज उसने ध्यान भी नहीं दिया।

"चाची बोल रई थी तुम कोई...दोस्तों के साथ...कुछ शुरू करने वाले हो...."

"मम्मी से मेरे बारे में बात होती है?"

"अरे बाप रे! वो तो बस...हमेशा...मेरा मुन्ना मेरा मुन्ना..." और फिर वो थोड़ा खिलखिलाई। शायद उसे माँ का मुझे मुन्ना बुलाना हँसी की बात लगी होगी।

"क्या बात होती है?"

"येई कि तुम...बहुत बड़े चुगद हो..." इस बार उसने मुझे शैतानी से भी देखा।

"वो कैसे?"

"इतना पढ़ाई की...एक नौकरी भी करते थे अच्छी वाली...और फिर सब छोड़-छाड़ के...चुगद के भी बाप हो तुम!"

"वो कैसे?"

"कोई बाबा जी तो हो नहीं तुम...कि हो?"

"बाबा जी क्या होते हैं?"

"वोई जो बाल-ऊल बढ़ा के राख-मिट्टी चुपड़ के बैठे रहते हैं रिसीकेस-हरिद्वार में...वो हो तो बताओ..."

"हाँ नहीं हूँ...तो?...चुगद कैसे हो गया...?"

"अरेएएएह्यह्यह्यह्य!!! इत्ता पढ़े-लिखे...नौकरी करो...ब्याह-सादी करो...घर बसाओ...और क्या?"

"किसके साथ बसाऊँ वो भी बता दो..."

"वो काँ-काँ पढने को गए...नैनीताल...दिल्ली...कोई ना मिली?"

"मिली थी एक..."

"तो क्या हुआ? भाग गई..." वो फिर से खिलखिलाई। मैं चुप रहा। भाग ही तो गई प्रियंवदा।

"चाची तो कैवै...मुन्ना हमारा...थोड़ा लजावै..."

"अच्छा..."

"मैंने कहा हाँ चाची...मुन्ना हमारा...लजावै तो..." उसकी आँखें मुझे छेड़ रही थीं। तिरछे होंठों पे एक चमक थी। मुझे वो एकदम समझ नहीं आ रही थी और मैं...मुझे उसे समझना ही था।

"बोलो तो हम पक्का करवा दैं कहीं पे..."

"अच्छा..."

"अब अच्छा-अच्छा तो रटो मत...एक बहन है हमारी...हाथरस में उसके..."

"तुम्हारे जैसी सुन्दर है?"

"हं!" उसे यक़ीन नहीं हुआ जो मैंने पूछा। एक पल के लिए वो हड़बड़ा गई। फिर सँभल के उसने इस खेल को आगे बढ़ाया। हाँ, खेल ही तो खेल रहे थे हम दोनों पिछले इतने महीनों से। अगर वो खेल नहीं था तो क्या था? और आज मुझे इस खेल को ख़तम करना था।

"मैं तुम्हें सुन्दर लगती हूँ..." ये कहना चाहिए था उसे।

लेकिन उसने कहा—"सुन्दर कोई न होवै...सब आँखों का भरम है..."

"तो यई समझ लो..."

"क्या?"

"जो बोला तुमने..."

"क्या बोला?"

"यई कि आँखों का भरम है..."

एक पल की चुप्पी। फिर खीजी हुई खिलखिलाहट। फिर एक चुप्पी।

"चाची ने एक बात और बोली..."

"क्या?"

"कि तुमसे कोई न जीता आज तक बातें बनाने में..."

"तुमने क्या कहा?"

"अब और बातें मत बनाओ मास्टर जी...इधर आओ तो गला नाप दूँ तुम्हारा..." उसका मतलब स्वेटर के गले से था।

"हाँ, नाप ही दो...छुट्टी ही मिल जाए सारे टंटों से..."

उसने हँसी रोकने की कोशिश की। उसने ग़ुस्सा दिखाने की कोशिश की। कभी होंठ बिचकते तो कभी भौंहें उछलतीं। फिर जब उसे लगा कि कोशिश बेकार है तो वो ठहाका मार के हँसने लगी। उतना खुला हुआ उसका मुँह मैंने पहली बार देखा था। उसके एकसार झक सफ़ेद चमकते दाँत। गहरा मुँह और उससे भी गहरी जीभ। गुलाबी जीभ। हँसते-हँसते वो आगे झुक जाती थी। उसके उभार बारम्बार फूलते जैसे लू के बगूले में प्लास्टिक की थैली बावरी हो जाती है। मुझे वो चाहिए थी। उसके बग़ैर जीवन का कुछ भी अर्थ ना था।

हँसते-हँसते उसकी आँखें पनियाली हो गईं। साड़ी के पल्लू से आँखें पोंछती वो बोली—"लगता है किसी से इसक हो गया है तुम्हें..."

"हाँ..."

"जिससे भी करो बस दो बात ध्यान देना..."

"बताओ..."

"एक तो किसी ऐसी से ना करना जो सादीसुदा हो..."

"और दूसरी?"

"और उससे भी ना करना जो पलट के ना कर पाए..."

"ठीक है..."

"क्या ठीक है...घुसी की नई भेजे में बात?"

"हाँ घुसी...सिगड़ी में राख बची हो तो दे जाना...और हाँ, थोड़ी मिट्टी भी..."

"अएं! उसका का करोगे?"

"ऊपर से नीचे तक लपेट के रिसीकेस-हरद्वार जाऊँगा..."

"ठीक है...ला देंगे..."

***

उस दिन ईद थी। बड़े गंज पे भीड़ छितरा रही थी तो रजिन्दर ने रज्जो गली-गली मोड़ ली। एक गली से जो पहले तिकोनिया पे निकलने का रास्ता था उसके मुहाने को किसी ने घर आगे बढ़ा के छेंक लिया था। रजिन्दर ने एक सड़ी हुई माँ की गाली दी। रज्जो को मोड़ ही रहा था कि वो बन्द पड़ गई। दिनेश रज्जो को बनाने में लग गया और रजिन्दर सकूलों की सात पुश्तों को याद करने लगा।

"बड़ी उमस-सी हो जाएगी यार तेरी शादी के आने तक...जाड़े रहते कर लेता भाई..." रजिन्दर ने टाइम पास के लिए बात चलाई।

दिनेश की शादी का 20 अप्रैल को रामनवमी के दिन का मुहूर्त निकला था। 6 अप्रैल की होली थी।

"और नई तो होली के पहले कर लेता...हम भी भाभी के साथ होली खेल लेते...नई ईशान बाबू?"

"अबे यार...भई...एकदम ले रक्खी है तूने अपनी रज्जो की...अबे कभी तो सर्विसिंग करवा लिया कर..."

"अबे बात क्यों बदल रिया है...अगली होली तक तो हमारी भाभी पुरानी हो जाएगी..." रजिन्दर के टाइम पास का मतलब था बेखैंच उँगली करना। दूसरा चिढ़ गया तो मज़े। और दिनेश इस बात को अच्छे से जानता था इसलिए उसने रजिन्दर को इग्नोर मारा।

"भैंड के...एक मोटरसाइकिल ठीक न हो रई तुझसे? अबे क्या पढ़ा तूने आईटी में? अबे यहीं खड़े रैंगे क्या?"

दिनेश सगाई से लेके अभी तक अपनी मंगेतर से कई बार मिल चुका था और कहा जा सकता था कि उसे प्यार हो गया था। एक दिन जब रजिन्दर नहीं था संग तो उससे मेरी बात हुई थी।

"यार वो बातें बहुत अच्छी करती है...इत्ती छोटी जगह से है लेकिन कोई भी बात करवा लो उससे...एक दिन बोली हम तो घर पै ना बैठेंगे... मैंने कहा तो क्या करोगी भई...बोली दुकान पै बैठेंगे आपके साथ...अब कौन बताए उसे कि दुकान तो दी मैंने बेच..."

"तूने इन लोगों को बताया नहीं कि..."

"अरे यार कैसे बताऊँ...सगाई तो येई बोल के हुई थी ना कि लड़के की दुकान है...और नमक-मिर्च लगा के बताया था साले रिश्तेदारों ने... बोले, टिरक्टर के पार्ट्स बेचता है और भाईसाब दिन का सैकड़ों का गल्ला है...फैक्ट्री है टिरक्टर बनाने की...योई ना बोला कम है..."

"तो तूने क्या कहा..."

"अब यो तो कै न सकता कि ठाकुरद्धारे की लुगाइयाँ ये सब काम ना करैं..."

दिनेश ने ठंडी साँस ली—"अब तुमसे क्या छिपाना...यार वो जब सगाई का हुआ था ना...तो इसकी एक दोस्त है...मेरी फूफी की लड़की... वो आकै बोली कि संगीता तुमसे मिलना चावै...तो मैं चला गया मिलने... वो इनके खेतों के पास एक टूबवेल हैगा...एक कोठरी-सी बना रक्खी है वहाँ पे..."

अच्छा था कि ये बातें बस मेरे और दिनेश के बीच में हो रही थीं। मेरे घर की छत पे। कोई हफ़्ता भर पहले की बात। रजिन्दर होता तो ट्यूबवेल और कोठरी सुन के चालू हो जाता उसका मस्तराम का उपन्यास। मेरे लिए दिनेश था और उसकी पहली प्रेम-कहानी और मेरी नज़रें छज्जे की सीढ़ियों पे लगी हुई थीं। मुझे मालूम था, इस बखत उसकी बच्ची को ट्यूशन पढ़ाने मास्टरनी आती है और वो नहीं आएगी। फिर भी।

"इधर-उधर की बातें हुईं...यई कि मैं ऐसा सोचती हूँ...आप कैसा सोचते हो...फिर पहली ही बार में बोलती है...आपको इसलिए बुलाया कि कुछ बताना था...मैं प्यार करती थी एक लड़के से...मैंने कहा, अभी भी

करती हो? तो बोली...उस लड़के की शादी हो गई...तो मैंने कहा...बस तो फिर...अब क्या सोचना...जो हो गया वो हो गया...अब आगे की सोचो... ठीक बोला ना ईशान बाबू...अब जो ना बताती तो कैसे पता चलता...बता रई है वोई भौत है...तो अगले दिन मेरी फूफी की लड़की...वो आई और बोली...क्या जादू कर दिया तुमने भैया...संगीता तो एकदम दीवानी-सी हो रक्खी है तुम्हारी...मैंने कहा, भई फॉरवर्ड थिंकिंग वाले हैं हम तो...अब दीवानी होए या परवानी...हमें क्या प्रॉब्लम...तो बस यई सब...दो-तीन बार और गया मिलने...एक बार थोड़ा...वो किस-विस भी...लेकिन यार वो... वो जो फॉरवर्ड दिखा दिया ना अपने को...बस वोई प्रॉब्लम हो गई...अब ये नई कै सकता ना कि तू लुगाई है...दुकान पै कैसे बैठेगी..."

जीने का दरवाज़ा खुला और वो दोनों छत पे आ गईं। वो और मास्टरनी। शाम का झुटपुटा हमारी खाट पे कुछ ज़्यादा गहराया हुआ था। शायद उन दोनों ने देखा नहीं कि हम लोग भी छत पे हैं। वो नीचे से ही लड़ती हुई आई थी। दोनों की आवाज़ें ऊँची नहीं थीं लेकिन सुरों में गर्मी थी। फिर वे चुप हो गईं। शायद उन्हें लगा होगा कि हम भी छत पे हैं।

"कुछ समझ में नई आ रिया...ये जो...कहीं पकड़े-वकड़े गए तो...अपना तो चलो करम हैगा...भुगतो जो किया...लेकिन वो यार... वो तो एकदम बर्बाद ही हो जावैगी...सोच रिया हूँ...शादी...क्या बोलते हो ईशान बाबू?"

"तुम्हें पसन्द है ना लड़की? तो कर लो शादी...ये डाका-वाका तो..."

"तो खिलाऊँगा क्या बिठा के...एक जना और बढ़ जावैगा घर में... पैले सेई...छोड़ो यार...जो होगा देखा जाएगा..."

***

अगले दिन जब वो पढ़ने आई तो मैंने पूछा—"क्या लड़ाई हो रही थी उस मास्टरनी से कल छत पे?"

एक सेकंड के लिए वो झक्क-सी रह गई—"आप भी थे क्या छत पे?"

चुप रही वो कुछ देर। पता नहीं क्या सोचती हुई।

"क्या सुना आपने?"

"दूर खड़े थे तुम लोग...कुछ सुनाई नहीं दिया..."

"छमाही में नम्बर देखो चुनिया के...बोलती है अब आप ही की लड़की ध्यान ना देवै तो मैं क्या करूँ...तो भैया तुझे रक्खा किसलिए...ध्यान तो तुझे देना है ना...बस येई सब।"

होली से दो दिन पहले रजिन्दर का दिमाग़ सटका हुआ था। उसको ये समझ में नहीं आ रहा था कि अस्सी लाख के लिए हज़ार हज़ार के नोटों की अस्सी ही गड्डी होनी चाहिए। लेकिन ये साले दिल्ली से जब एक वैन में लेके आते थे पैसा तो इतनी सारी थैलियाँ क्यों उतारते थे। एक दिन पहले 3 अप्रैल को हमने पहली बार रतूपुरा जाके ये सब देखा था।

"यार...थैलियाँ कित्ती हैं का क्या करना है तुझे? दिनेश को बड़ी चिढ़ मचती थी जब रजिन्दर सटके हुए मूड में रहता था।

"भोडू ये जो मरा रहे हैं पिछले दो महीने से वो क्या तेरे ब्याह का इन्तज़ाम कर रहे हैं...कुछ सोचना ही नहीं था तो डाल आते डाका जाके पैलेई दिन...सोचना-समझना है या जेल में बुंड मरानी है सारी जिनगी?

"अच्छा-अच्छा बोल-बोल..."

"अस्सी गड्डी होती तो उठाई...भरी गाड़ी में...और चलते बने...अब ये भैंड़चोद...देक्खा नई तैने...तीन मुस्टंडे पाँच बार अन्दर-बाहर हुए...सोच कितनी थैली होंगी...और उससे भी सोचने की बात ये कि..."

इतने में होली का फउआ माँगने कुछ बच्चे आ गए। हम वोई ढोर हस्पताल के नीम के पेड़ के नीचे बैठे थे।

"भागो सालो!"—रजिन्दर सटक के बोला।

एक बच्चे ने आगे बढ़ के रजिन्दर के कुर्ते पे आलू का ठप्पा लगा दिया। बच्चे भाग गए तो दिनेश हँसने लगा।

"जान दे भाई...बच्चे हैं...हम भी छोटे थे तो ना लगावै थे सबको ठप्पे... क्यों ईशान बाबू?" रजिन्दर खिसिया के बोला।

"अबे देख तो ले...क्या लगाया है तेरे कुर्ते पे..."

रजिन्दर ने देखा तो लिखा था—"चूतिया साला।"

बस! रजिन्दर भागा बच्चों के पीछे। बच्चे काफ़ी आगे निकल गए थे। रजिन्दर ने रज्जो को मारी किक और उनके पीछे हो लिया। दिनेश ने तो जैसे हँस-हँस के जिनगी का सारा मज़ा आज ही लूट लिया था। रजिन्दर लौट के आया। रज्जो टिकाई और बोला—“वो साला चौहानों का पूत था...ऐसा रैप्टा मारा कि साला अब नई करेगा किसी के साथ...”

“वो क्या थी सोचने की बात...”

“दिमाग़ सड़ा दिया साले ने...अरे भाई ओ...चाय बना एक रोंड और...और बिस्कुट भी भेज...वो क्या हैं वो तेरे माँ के चुन्नट...टैगर छाप!”

फिर रजिन्दर ने बताया कि अगर इत्ती थैलियाँ लेके आवैं हैं तो रखते कहाँ हैं बैंक में।

“तू भी तो अन्दर होके आया था...एक साला कोंटर-सा लगा रक्खा है...उसके पीछे वो दो किलर्क बैठा करैं...एक मनीजर का हैगा वो चिड़ियाखाना...लोग जो आवै-जावै हैंगे वो...चार मुड्ढे डाल रक्खे हैं...और कुछ दिखा क्या भाई...नई ना...तो ये जो दो की शाम को थैलियाँ आवैं...वो रक्खै कहाँ हैं...यो है बात सोचने वाली...”

अगले दिन प्लान बना के हम फिर से रतूपुरा गए। कुछ साल पहले मैंने अपने फील्ड वर्क के लिए निकॉन का एक छोटा कैमरा लिया था। पीठ पे पत्थरों से भरा भारी हैवरसैक और हाथ में हथौड़ी...ऐसे में कोई फ़ोटो खींचना हो तो ये छोटा कैमरा बड़ा काम आता था। एक फ़िल्म रोल भी ना जाने कबसे उसमें पड़ा हुआ था। रतूपुरे में बैंक के अन्दर जा के मैंने चुपके-चुपके कुछ फ़ोटो ले ली। रजिन्दर को शक था कि बैंक के अन्दर कुछ ऐसा था जो दिखता नहीं था। काशीपुर जा के हम लोग फॉर्मेल्डीहाइड और आयोडीन ब्रोमाइड खरीद लाए। रजिन्दर अड़ गया कि चाहे जो भी करना हो लेकिन कैमरे की फ़िल्म किसी की दुकान पे नहीं देनी। शाम को लौट के मैंने फ़िल्म भिगो दी और फिर सूखने के लिए छत वाले कमरे में इधर-उधर फैला दी। पापा को मन्दिर वाले बन्दर ने काट लिया था। वो होली के लिए सामान लेके लौट रहे थे और उनके थैले से कुछ पके हुए केले बाहर झाँक रहे थे। बन्दर ने पहले तो घेर के हड़काया कि भलेमानस चुपचाप ये केले हवाले कर दो। पापा को बन्दर

'एंटी-कम्यूनिज़्म' लगते थे। शायद रामायण में उनके रोल के लिए ऐसा लगता होगा उन्हें। ऊपर से ये कोई ऐसा-वैसा बन्दर नहीं मन्दिर वाला बन्दर। ऐसे बन्दर के हड़काने से डर जाना तो कम्यूनिस्टों के लिए जघन्य अपराध था। सर्वहारा वर्ग से गद्दारी होती ये। तो बन्दर ने जब हड़काया तो पापा ने उसे छूटते ही गाली दी—"साले हमैं हड़का रिया है...देखना एक दिन तेरे मन्दिर पे हँसिया-हथौड़ा लहराएगा..." अब ये नहीं पता कि उस बन्दर को ये बात कितनी समझ आई लेकिन उसने आव देखा ना ताव और झपट्टा मार के ना सिर्फ़ केले छीने बल्कि पापा के पोतड़ों पे दाँत भी गड़ा दिए। देखने वालों नेई बाद में बताया कि पापा ने उस बन्दर की सात पुश्तों को माँ-बहन की गालियाँ सुनाईं। वैसे माँ को कभी इस बात पे यक़ीन नहीं हुआ कि पापा माँ-बहन की गालियाँ दे सकते हैं। अगले दिन जब पापा को बहुत तेज़ बुख़ार चढ़ा तो वो उसी मन्दिर में जाके ये मन्नत भी मान के आईं कि अगर पापा जल्दी ठीक हो गए तो वो केलों के 21 गुच्छे चढ़ाएँगी। अगले कुछ दिनों तक पापा जब भी अपने पोतड़ों के बल बैठते तो उनके मुँह से 'होह्यह्यह्यह्यह्य मेरे राम' निकलता। इस बात का कोई चमत्कारी अर्थ ना लगाया जाए क्योंकि पापा जब-जब अपने जीवन में दर्द से लड़े तो उनके मुँह से दो ही कराहटें निकलीं। 'होह्यह्यह्यह्यह्य मेरी अम्मा' और 'होह्यह्यह्यह्यह्य मेरे राम'। पापा कम्यूनिस्ट ज़रूर थे लेकिन पोंगा-कम्यूनिस्ट नहीं थे। बल्कि हमारे घर में सबसे सही पूजा करनी भी सिर्फ़ उन्हीं को आती थी। ये बात अलग है कि उन्होंने अपना जनेऊ एक दिन लखनऊ यूनिवर्सिटी में ही किसी पाखाने में बहा दिया था। और जब पढ़ाई पूरी करके घर आए तो बाबा से कहा कि वो बाम्मन नहीं हैं। बाबा जो उस समय चौके में बैठे खाना खा रहे थे बहुत ग़ुस्सा हुए और चूल्हे से जलती लकड़ी खींच के पापा के ऊपर फेंकी। पापा तो कुदक्की मार के बच गए लेकिन बाबा का हाथ जल गया। तब से लेकर उस दिन तक जब तक माँ ने ब्याह के बाद चौका-बर्तन सँभाला, दादी ने पापा को चौके में नहीं घुसने दिया। ख़ैर...मुझे पापा को इंजेक्शन लगवाने उनके साथ जाना पड़ा। लौट के आया तो फ़ोटो सूख चुके थे लेकिन वो सूखे हुए फ़ोटो उसके हाथ में थे।

20 साल पहले
1974

छुन्नन सिर्फ़ माँझे के उस्ताद नहीं थे। उनकी खींच भी कमाल की थीं। और सबसे रंगबाज़ खींच थी वो जब वो ऊपर से दनाक से आते जैसे कोई चील झपट्टा मारती है और फिर टेढ़ा हाथ जाता और बस एक ठुमक। सामने वाले की पतंग इसके पहले कि होश में आए लहरा के ऐसे गिरती जैसे पेड़ से पका आम। महीप को ऐसे ही अपनी पतंग कटवानी थी। महीप की पतंग होती अन्नो की छत के ऊपर। एकदम सतर। और फिर छुन्नन का ये टेढ़ा खींच लगता। महीप की पतंग गिरती अन्नो की छत पे। हो सके तो उसके एकदम पास। और तब अन्नो को मिलता महीप का लिखा वो ऐतिहासिक प्रेम-पत्र जिसके बारे में कहा गया था कि वो वीर्य और ख़ून से लिखा गया था।

***

रामपुरिया शागिर्दों को रिक्शे पे छोड़ मास्टरनी शिशु मन्दिर के अन्दर चली गई। शिशु मन्दिर के आचार्य जी को रहने के लिए स्कूल से ही सटा एक बड़ा-सा घर दिया गया था। उस घर के पिछवाड़े में आचार्य जी ने सब्ज़ियाँ उगाई हुई थीं। यहाँ आने से पहले आचार्य जी गोरखपुर में थे और ब्रह्मचारी थे। ठाकुरद्वारा उनके लिए काला पानी समान था क्योंकि गोरखपुर में रहते हुए उनसे कुछ भूलें हुई थीं और आर्य समाजियों ने उन्हें सज़ा देते हुए ठाकुरद्वारा के शिशु मन्दिर भेज दिया था। मास्टरनी जब पिछवाड़े में पहुँची तो आचार्य जी उगी हुई अपनी भिंडियों को निहार रहे थे। मास्टरनी को देखकर वो उठ खड़े हुए और बिना कुछ कहे घर के भीतर चले गए। ज़ाहिर था कि मास्टरनी को भी उनके पीछे-पीछे जाना था। अन्दर पहुँचकर मास्टरनी ने पाया कि आचार्य जी पहले से ही एक कुर्सी पर विराजमान हैं।

"आप चाय पीती हैं?" आचार्य जी ने पूछा।

"जी हाँ..." मास्टरनी ने कहा। लेकिन आचार्य जी कुर्सी पे ही विराजमान रहे। ज़ाहिर था कि अगर चाय पीनी थी तो मास्टरनी को चाय ख़ुद ही बनानी थी। मास्टरनी वैसे ही खड़ी रही लेकिन जब संवादहीनता उत्पन्न होने लगी तो उससे बचने के लिए वो अन्दर चाय बनाने चली गई। दो प्यालियाँ लेके जब वो लौटी तो आचार्य जी वाली कुर्सी ख़ाली थी और कहीं अन्दर से किसी के कराहने की आवाज़ आ रही थी। चाय की प्यालियाँ ज़मीन पे ही पटक जब वो अन्दर गई तो उसने देखा कि आचार्य जी कुरता उतारकर अपने को हंटर से पीट रहे हैं। चूँकि मास्टरनी को किसी के भी फटे में टाँग न अड़ाने की पुरानी आदत थी इसलिए वो चुपचाप बाहर के कमरे में वापस लौट आई। थोड़ी देर बाद कराहने की आवाज़ें बन्द हो गईं और आचार्य जी भी लौट आए। भगवान का लाख-लाख शुक्र था कि वो अपना कुरता पहन के ही वापस लौटे थे। थोड़ी देर तक दोनों चाय पीते रहे।

फिर आचार्य जी ने कहा—"छायावादी कविताओं के विषय में आपके क्या विचार हैं?"

मास्टरनी के कविताओं को लेकर कोई विचार नहीं थे चाहे वो छायावादी हों या इलाहाबादी। उसे गुलशन नन्दा और समीर जैसे रुलंतडू लेखक भी पसन्द नहीं थे। उसका दिल लगता था वेदप्रकाश काम्बोज और मोहन पाठक में। रात के अँधेरों में जब वो अपने कमरे के पीले बल्ब की रोशनी में इन किताबों को लेके बैठती तो छल-कपट का ये संसार उसे दुनिया से लड़ने का हौसला देता। वो दुनिया जहाँ उसके पति ने उसे ब्याह के दो दिन बाद ही छोड़ दिया था। चमन लाला जैसे लोगों का संसार। वो संसार जहाँ पति के छोड़ देने के बाद भी उसके माँ-बाप ने भी उसे वापस नहीं अपनाया। माँ तो फिर बुल्के चुआ रही थी लेकिन उसके बाप और भाई... कैसी बेदर्दी से उन्होंने अपने ही ख़ून को पानी बना दिया। सिर्फ़ इसलिए कि एक औरत थी वो? काश! कहीं से थोड़े भी ऐसे पैसे आ जाते कि साला बात-बात पे इन मर्दों का मुँह न देखना पड़ता। थोड़ी-बहुत पढ़ी-लिखी थी और भला हो संगीता मैडम का। शिशु मन्दिर की प्रिंसिपली से रिटायर होने से पहले उन्होंने उसे ये नौकरी दं दी थी। कायस्थों के मोहल्ले में एक छोटा सा कमरा किराए पे लेके उसने धीरे-धीरे अपनी दुनिया बसाई थी।

और एक फ़ैसला लिया था। मर्दों की इस दुनिया के छल-कपट का जवाब वो भी छल-कपट से देगी।

"मैं तो दूसरी कक्षा के बच्चों को क ख ग घ पढ़ाती हूँ," मास्टरनी ने विनम्रता से कहा।

एक पल की चुप्पी के बाद आचार्य जी ने कहा—"आपको पता है, आज इतवार के दिन मैंने आपको क्यों बुलाया है?"

"नहीं..."

"यहाँ आने के बाद हमें महसूस हुआ कि हमारे बच्चों को वो शिक्षा नहीं मिल रही जो एक शिशु मन्दिर से मिलनी चाहिए। आप क ख ग घ पढ़ाती हैं लेकिन कबूतर खच्चर गधा घोड़ा...इसके बजाय...अगर...कातर आँखों से ताक रही थी/इक अबला उस पनघट पे...इसमें भी क ख ग घ है..."

मास्टरनी ने तेज़ी से दिमाग़ चलाया और पाया कि कविता के नाम पे जो भी बकवास आचार्य जी ने की थी उसमें से 'ग' ग़ायब था। लेकिन उसने कुछ कहा नहीं। पता नहीं क्यों लेकिन मास्टरनी के नथुनों में चमन लाला के यहाँ वाली मसालों की गन्ध घुसने लगी थी।

"ये कविता किसकी है..." मास्टरनी ने जिस अन्दाज़ में पूछा उससे आचार्य जी को लगा कि कविता की तारीफ़ हुई है।

"मैंने..." आचार्य जी ने अपनी तेल लगी मूँछों पे उँगलियाँ फिराते हुए कहा—"...और ये कविता मैंने आपको सोच के लिखी है..."

"लेकिन मैंने तो कभी किसी पनघट पे किसी को भी कातर आँखों से नहीं ताका..." मास्टरनी ने उनकी कविता को कुछ ज़्यादा ही लिटरल ले लिया।

"आप समझीं नहीं..."

"तो आपसे समझ लूँगी..." मास्टरनी तो पुरानी खिलाड़न थी। आग में घी चुआना उसे ख़ूब आता था।

"पनघट है ये संसार...और अबला यानी कि आप...ताक रही थी... इसके क्या अर्थ हुए?"

"जी...थोड़ा-थोड़ा समझ रही हूँ...बचा हुआ आप समझा दें..."

"आप इस नटखट संसार में दुष्ट लोगों के बीच घिरी हैं और...प्रतीक्षा कर रही हैं कि कोई आए और..." आचार्य जी की साँसें धौंकनी हो चुकी थीं।

“और?” मास्टरनी के स्वर कोमल थे।

“और आपको अपनी...”

“और मुझे अपनी?”

“इसके आगे के अर्थ से आपको स्वयं परिचित होना होगा अबला...”

वेद प्रकाश काम्बोज का जो उपन्यास वो अभी पढ़ रही थी उसकी नायिका का विवरण उस मकड़ी की तरह दिया गया है जो लोगों को अपने जाल में फँसाकर चूस लेती है। लेकिन मास्टरनी को मकड़ियाँ पसन्द नहीं आतीं। उसके पाखाने की दीवार पे भी एक मकड़ी जाला बनाए बैठी रहती है। मास्टरनी ने उसे कभी मारा नहीं लेकिन झाड़ू की सींक से वो उसका जाल तोड़ देती है। मकड़ी भी ज़िद्दी है और फिर से जाल बुनकर बैठ जाती है। ये खेल बहुत दिनों से चल रहा है। चमन लाला का क़िस्सा भी बस गोदाम में अपनी ही धोती में हग देने तक सही था। ना तो वो लौट के उसकी दुकान पे कभी गई और ना ही वहाँ से कोई फ्रीफंड का राशन उसके घर आता है। मास्टरनी को वो नायिका बहुत अच्छी लगी थी जिसने अपने साथ बेइंसाफी करने वाले मर्दों को एक के बाद एक मौत के घाट उतारा था। मास्टरनी को पता नहीं क्यों लगता था कि वो भी ऐसा कर सकती है। मकड़ी को वो भले ही माफ़ कर दे लेकिन किसी मर्द को मारते बखत शायद उसके हाथ भी ना काँपें।

एक पल की चुप्पी के बाद मास्टरनी बोली—“आप नए हैं हमारे ठाकुरद्वारे में...आपने शायद चमन लाला का नाम नहीं सुना होगा....”

“कोई विशेष बात?” आचार्य जी को विषय-परिवर्तन से थोड़ी उलझन-सी हुई। धोती के अन्दर जो हलचल हो रही थी उसमें एक व्यवधान-सा आ गया।

“जी...विशेष बात ये कि...एक बार उसने मुझे बिन्दी बेचने की कोशिश की थी...”

“बिन्दी!” आचार्य जी को कुछ भी समझ नहीं आ रहा था।

“जी बिन्दी...वो जो माथे पे लगाती हैं हम लोग...”

“अहा! बिन्दी तो...क्या कहूँ अब...आपने मुझे एक कविता का विषय दे दिया...आपने भी तो इस समय बिन्दी लगाई हुई है...गुलाबी...आप चाहें तो मैं अभी इस पर एक कविता रच सकता हूँ...दो नयनों के ऊपर उगता एक गुलाबी सूरज...”

"जी...बिलकुल रच सकते हैं...लेकिन..." और लेकिन कह के मास्टरनी चुप हो गई।

"लेकिन?" आचार्य जी की धोती अब कुप्पा हुआ चाहती थी। तेल से सनी मूँछों पे थिरकती उनकी उँगलियाँ अब कहीं और थिरकना चाहती थीं। मास्टरनी मौक़े को नाप-तौल रही थी। ये चमन लाला नहीं है। नहीं-नहीं... सुरेन्द्र मोहन पाठक के 'पुराने गुनाह नए गुनहगार' की रेशमा जो भी करती है वो बस मन में उठा और कर दिया। देखा नहीं उसका क्या अंजाम हुआ। चमन लाला तो फुद्दू था...बीवी है उसकी...समाज से डरा होगा...बीवी से डरा होगा...ये तो साला ब्रह्मचारी है...आगे नाथ ना पीछे पगहा...ऐसे लोग डेंजरस होते हैं...जाने दे...लेकिन इसे इसकी औकात भी बता दे...

मास्टरनी उठी और सीधे आचार्य जी के पास जाके उनके ऊपर झुक गई। इतना नज़दीक कि मास्टरनी उनकी धोती की धड़कनें सुन सकती थी।

20 साल बाद
1994

"ये क्या है?" अपने हाथ में थमे फ़ोटोज़ को उठा के उसने पूछा।

"वोई जो दिख रहा है..." मुझे चिन्ता नहीं थी कि वो क्या सोच रही है।

"तुम...तुम क्या वाकई में..."

मैंने उसकी तरफ़ देखा। वो सच्ची की परेशान दिख रही थी। कई बार लोग बस यूँ ही दिल जोड़ लेते हैं। क्या मैंने उसे साफ़-साफ़ नहीं बताया कि मैं उससे क्या चाहता हूँ। होंगी उसकी मजबूरियाँ। मानता हूँ। शादीशुदा है वो। पाँचवीं में पढ़ने वाली एक बच्ची है उसकी। हो सकता है अपने मरद से प्यार भी करती होगी। तो फिर मुझसे दिल्लगी क्यों की? उस सब का क्या मतलब था? उस पल एक झटके में मैंने तय किया। नो मोर ऑफ़ दिस नॉनसेंस।

"मैंने तो बोलाई था...हम डाका डालने जा रहे हैं..."

"क्यों?"

"मेरे दोस्तों को पैसा चाहिए..."

"और तुम्हें?"

"तुम नहीं समझोगी..."

"समझाओगे तो क्यों नहीं समझूँगी?"

मैंने कुछ नहीं कहा। वो थोड़ी देर बैठी रही फिर फ़ोटोज़ को वहीं बिस्तरे पे रख के निकल गई।

***

थोड़ी देर बाद दिनेश और रजिन्दर आ गए।

"यार थोड़े बड़े फ़ोटो बनाने थे..." दिनेश ने एक फ़ोटो को एकदम आँख के पास लाके देखा।

"पूछा तो था...पेपर ही जब इस साइज़ का मिला तो...तुम दोनों ने खाना खा लिया?"

"यो देख...यो देख..." रजिन्दर के हाथ में एक फ़ोटो था।

हम दोनों ने भी देखा। मैनेजर वाले कबूतरख़ाने के पीछे एक दरवाज़ा-सा था।

"तो पैले क्यों नई दिखा...तीन बार तो हुई आए साला अन्दर..." दिनेश ने पूछा।

"अबे भूतनी के...यो देख...मैनेजर का यो दड़बा खुला रैगा तो नई दिखेगा ये पल्ली ओर का दरवाज़ा...बॉस...इसी दरवाज़े के पीछै होगा कुछ..." रजिन्दर ने फ़ोटो पे उँगली ही घूँस दी।

"क्या होगा?"

"याँ बैठ के तेरा फुंतरू चूस के बताऊँ...और जो कुछ नई है यो तो भाईसाब...योई है...योई है...और कुछ हैई नई इस बैंक में..."

"खाना है तो बोलो...मम्मी को बोल देता हूँ..." मुझे भूख लग रही थी।

"यार इत्ता पढ़-लिख के आया है कुछ तौ दिमाग़ भिड़ा अपना भी... खाना-खाना कर रिया है मेरा यार..." रजिन्दर खिसियाया।

"मुझे पता है क्या है वो..."

"लै! अबे तौ क्या आरती उतारेंगे तभी बतावैगा?" दिनेश चिढ़ के बोला।

"ये दरवाज़ा नई है...इसकी मिटेलिक शाइन देखो..."

"क्या देखो?" रजिन्दर के लिए इंग्लिश काले अक्षर भैंस बराबर।

"मतलब लोहे का बना है यो..." दिनेश ने समझाया।

"ओहो! तभी मैं कऊँ साल रक्खै कहाँ सारा पैसा...तौ इसकी चाबी तो..."

"मुझे नई लगता इसकी कोई चाबी होगी...ये सेफ है...बड़ी वाली... और इसको खोलने का होगा कोई कॉम्बिनेशन..."

"भाई तू हिन्दी में बात कर...हम ना कर रये हिन्दी में बात!?" रजिन्दर फिर से बौखलाया।

"कॉम्बिनेशन मतलब इसका होगा कोई नम्बर...जैसे 678910..."

"अब वो नम्बर काँ से लावैंगे?" दिनेश ने पूछा।

आधी रात से भी ज़्यादा हम लोग लगे रहे। एक बार ग्यारह के आसपास कोई चुपके से छत पे आया। वोई रही होगी। मम्मी ने मूली के परांठे और बथुआ भिजवा दिया था। रजिन्दर को लग रहा था कि सब चौपट हो गया। इतने महीनों की प्लानिंग और साला अब नम्बर कहाँ से ढूँढ़ो। 9 बजे बैंक खुलते ही डाके का प्लान था। एक घंटे में फैक्ट्री वाले आ जाते पैसा लेने। दरवाज़े जितना ऊँचा सेफ उखाड़ के भी नहीं ले जा सकते। हम कट्टे लेके जाने वाले थे लेकिन अगर मुंडी पे रखने के बाद भी नहीं बोला मैनेजर वो नम्बर तो क्या कर लेते। ये बहुत पहले तय कर लिया गया था कि कट्टे सिर्फ़ डराने के लिए हैं। किसी को मारने के लिए नहीं। गोली-वोली चल गई और कोई मर-मुरा गया तो ऐसा बखेड़ा होना था कि हमारे फ़रिश्ते भी नहीं सँभाल पाते।

***

अगले दिन दिनेश अकेला मिलने आया। वो शायद घर लौट के भी नहीं सो पाया था। आँखें लाल थीं उसकी।

"यार देख लौ...रजिन्दर हैगा गरम दिमाग़ का...कुछ भी कर सकै... मेरी मानो तो जाने दो ससुरा...दहेज़ में जो मिल रिया है वो डाल दूँगा किसी बिजनेस में..."

हम दोनों ने मिल के तय किया कि रजिन्दर मिलेगा शाम को तो समझाएँगे उसे।

शाम को चार बजे आने का कह के दिनेश चला गया। लेकिन फिर उसे उसकी होने वाली ससुराल में बुला लिया गया और मैंने रजिन्दर से अकेले में कोई बात की नहीं।

***

अगले दिन होली थी। मुझे कहीं निकलना नहीं था। रजिन्दर रंगों से बहुत चिढ़ता था और दिनेश पता नहीं होने वाली ससुराल से लौटा या नहीं। तो मैं मम्मी और पापा के पैरों पे गुलाल लगा के ऊपर छत वाले कमरे में चला गया। चारों तरफ़ छतों पे बच्चे गुब्बारे लेके निशाने ढूँढ़ रहे थे। नीचे गलियों में भी काफ़ी दौड़ा-भागी थी। कोई दस बजे जब गरमागरम गुझिया छनी तो मम्मी ने नीचे बुला लिया। जाते हुए छत से झाँका तो पाया उसके घर में सन्नाटा है। मम्मी ने बताया कि कोई आठेक महीने पहले इनके घर में गमी हो गई थी। सगे फूफा चल बसे तो इस साल होली नहीं खेलेंगे ये लोग। मुझे गुझिया के साथ-साथ मठरियाँ देख के बड़ी ज़ोर की चयास लगी तो मैंने ख़ुद ही बना ली। प्लेट भर गुझिया और मठरी लेके प्याला सँभाले मैं छत पे जाने लगा तो सीढ़ियों पे वो मिल गई। कपड़े सुखाने वाली क्लिप लेके उतर रही थी।

"हैप्पी होली..." मैंने कहा तो बस कुछ बड़बड़ा दी जो मुझे सुनाई भी नहीं दिया।

"गुझिया खानी है गरम-गरम तो आ जाओ..." वो बिना कुछ बोले उतर गई।

मैं गाँजा भर रहा था जब वो आई। जेब में ही गुलाल भरा था। मैंने निकाला तो बोली—"रंग मत लगाना...हमारी ग़मी है..."

"तो तुम लगा दो गुलाल...ग़म तो मुझे भी है लेकिन मुझे चलेगा..."

वो मुस्कुराई फिर मेरी हथेली से उसने चुटकी भर लिया और गाल पे लगा दिया।

"बस! इत्ता सा?"

"इतने मेंई बन्दर लग रये हो..."

मुझे पता नहीं क्या सूझा कि आगे बढ़ के उसके होंठों पे गुलाल वाला गाल छुआ दिया। एक पल के लिए उसके होंठ गाल पे ठहरे रहे फिर वो छिटक के दूर हो गई।

"मुझे भी पीनी है तुम्हारी ये टॉफी..."

मैंने सुलगा के उसे बढ़ा दी।

"इस्मैं भाँग जैसा तौ न होवै कुछ...वो एक बार पी ली थी तो सारा दिन बस ठिठियाते रहे थे..."

"पी तो थी उस दिन...कुछ नहीं हुआ ना..."

"उस दिन तो बस दो-चार सुट्टेई ना..."

मैंने कहा कि ये भाँग से बहुत अलग होती है और इसे पीके इनसान उड़ने-सा लगता है।

"हमैं ना उड़ना कहीं भी...तुमीं उड़ो जाँ उड़ना हैगा...उड़ी तौ रये हो... दिखता ना क्या हमैं..."

वो पूरी सिगरेट पी गई। बिना कुछ बोले। फिर मैंने गुझिया की प्लेट बढ़ाई तो उसने एक उठा के मेरे मुँह में डाल दी और मुस्कुरा के बोली—"हैप्पी होली..."

मैंने उसे कौली में भर लिया। इस बार वो छिटकी नहीं।

जहाँ उसे गीला होना था वहाँ एक नदी बह रही थी। और जहाँ मैं राख हो चुका था वहाँ एक आग धधक रही थी। नीचे गली में होली का जुलूस गुज़र रहा था। खाल वाले नगाड़े पीटते लाल-पीले-काले लोग। कच्ची-पक्की पी के धुत्त नाचते लोग। ऊपर मेरे कमरे में सन्नाटा था जैसे हमारी धौंकनियों को भी गाँजा आसमान में ले जाके डोर छोड़ रहा था। पता नहीं क्यों मुझे लगा

कि मेरी बाँहों में कोई बार-बार मिट-मिट कर बन रहा है। पता नहीं क्यों मुझे लगा कि पलाश भरे उस लाल जंगल में ठूँठ की फुनगी पे बैठी वो चिड़िया चुप हो गई है।

***

रजिन्दर के माथे पे तो जैसे माता जी ने डेरा डाल लिया था। वो हर शब्द पे हकला रहा था और ग़ुस्से में वो ये भी भूल गया कि वो मुझे गालियाँ नहीं देता।

"इन भोसड़चोद को देखो...इनके पैर छुओ भाई...महान आत्मा हैं ये...गैरे पानी में डुबकी लगा कै...वाह...क्या ढूँढ़ के लाए हैं ये...छू छू... अबे पैर छू..."

मैं तो चुप था ही था दिनेश को भी काठ मार गया था।

"हैं भई...लुगाई का डाके में क्या काम...भले ही मनीजर की राँड हो वो..."

और तब मेरा हाथ छूट गया। एक पल को तो रजिन्दर सकते में आ गया और फिर उसने आगे झुक के मेरा नकटा दबा लिया। दिनेश छुड़ाने को लपका तो दूसरे हाथ से उसे रोक के रखा। मेरी साँस रुक रही थी। जितनी मेरी आँखें उबलतीं उतनी ही ग़ुस्से के मारे रजिन्दर की। और फिर उसने मुझे छोड़ दिया। कुछ देर के लिए हममें से कोई नहीं बोला। फिर एक अजीब सी हँसी उभरी रजिन्दर के चेहरे पे।

"लौंडा इसक करै उससे..."

***

तीन दिनों तक 'करना है कि नहीं करना है और करना है तो क्या करना है' वाली बहसें चलती रहीं जिनमें मैंने कोई हिस्सा नहीं लिया। फिर रजिन्दर थक-हार के बोला—"अच्छा चल...लेकिन साले उसकी जिम्मेदारी पूरी तेरे ऊपर..." मैं फिर भी चुप रहा तो दिनेश उखड़ गया—"अब यार वो हाँ कै

रिया है तो तू सन्तराम बना हैगा...भाई कुछ तो बोल..." मैं बिना कुछ बोले बाहर निकल गया।

***

होली के पल्ले रोज़ हम दोपहर का खाना ख़त्म करते ही छत वाले कमरे में चले गए और फिर शाम को ही बाहर निकले। उसने मुझे हर तरफ़ से घेर के समझाया कि बैंक डकैती कोई बच्चों का खेल नहीं है और मुझे ये सब नहीं करना चाहिए। लेकिन ख़ुद उसकी आवाज़ में वो यक़ीन नहीं था। फिर उसने जैसे मान लिया कि मुझे समझाया नहीं जा सकता।

"मान लौ कि हो गई तुम्हारी डकैती...और कुछ न हुआ...तो अब तो तुम्हारे पास भौत पैसे आ जावेंगे...कितना हिस्सा रैगा तुम्हारा?" उसके पेट से ऊपर बढ़ते मेरे हाथ को चपतियाते हुए उसने पूछा।

"कम से कम 25 लाख..." मेरे हाथ को उसकी ये अदा भी अच्छी लगी थी।

मेरे हाथ को भींचे-भींचे वो उठ के बैठ गई और मेरे ऊपर झुक के बोली—"बाप रे! क्या करोगे इतने पैसों का?"

"दिल्ली जाऊँगा तुम्हारे संग..."

"और हम क्या बोलेंगे घरवालों को कै क्यों जा रहे हैं तुम्हारे संग?"

"भगा के ले जाऊँगा...जो भग के जाते हैं वो हाथ ही कहाँ आते हैं कुछ पूछने के लिए..."

"अच्छा? और भग के करेंगे क्या?"

"शादी..."

"और मेरी बिटिया?"

"उसे कोई छोड़ के थोड़ै जावेंगे..."

"तौ दिल्लीई क्यों?"

"दिल्ली में एक घर हैगा..."

"तुम्हारा? तुमने न बताया कभी?"

“नई...लेकिन हम वईं रएँगे...किराए पै...उस घर में...घर के आसपास... सब कुछ सफ़ेद है...एकदम सफ़ेद...बस पर्दे नीले हैं...हल्के नीले...आसमानी जैसे...”

वो उठँग के मेरी छाती पे सर रख के लेट गई। मैं बोलता रहा वो सुनती रही। और हम दोनों भुरभुराती छत से चिपके सपनों को पढ़ते रहे।

***

उसने बताया कि सेफ का नम्बर उसका पति डालता है और हर महीने एक तारीख़ को वो ये नम्बर बदल देता है। कहता है ऐसा बैंक की रूल बुक में लिखा है। वो अगर पूछेगी भी तो वो नम्बर नहीं बताएगा।

अगले दिन जब हम चारों छत वाले कमरे में मिले तो रजिन्दर उससे आँखें नहीं मिला रहा था। रजिन्दर को अभी तक उसका इस डकैती में शामिल होना हजम नहीं हो रहा था।

“तो क्या करना है नम्बर का?” दिनेश को ये सवाल करना था उससे लेकिन किया रजिन्दर से।

“इनसे पूछौ...इनकी जिम्मेदारी है...” रजिन्दर बिदक के बोला।

वो तो अच्छा था कि रजिन्दर उसकी तरफ़ देख नहीं रहा था वरना उसे मुस्कुराते हुए देख के बड़ा खिसियाता।

“वो हमें तो ना बतावैंगे चाहे जो कर लो...”

“वैसे तो हर ताले की चाबी रक्खें हम...पर जिसका ताला वोई खोल दै तो क्यों माथापच्ची करैं...यो भी जान लौ...”

अब रजिन्दर की इस पहेली को किसने बूझा किसने नहीं लेकिन तिड़क वो भी गई।

“तौ माथापच्चीई कर लौ...मैंने तौ करना है अभी चौका साफ़...महरी ना आई आज...” उसने कहा लेकिन उठ के गई नहीं। रजिन्दर उन लोगों में से है कि औरत तिड़की तो उसकी दुश्मन। बस उसकी ख़ुद की बीवी छोड़ के। वो ये भी भूल गया कि कुछ दिन पहले ही उसने ख़ुद कहा था कि मैं इस औरत से इश्क़ करता हूँ।

“भई हम तौ सब बता देवैं अपनी लुगाई कौ...वो सुनार गली वाला भी बताया कै नई...हलक से निकाल लेवें ये औरतें...चूचू डाल के...बस...गरम होना चाहिए औरत को...”

मुझे पता था ये रजिन्दर का तरीक़ा था लेकिन एक औरत के सामने? दिनेश भी भड़क गया।

“यार कुछ तौ ख़याल कर...”

“क्या ख़याल कर!? रजिन्दर मिसरा तौ ऐसेई बात करै...पूछ लो पूरे ठाकुरद्वारे से...”

“अगर किसी ने भी...मेरे खसम को हाथ भी लगाया...तो मैं जाऊँगी एफ.आई.आर. लिखवाने...पूछ लो किसी से भी जहाँ की हूँ मैं...” उसने तन्ना के कहा, तन्ना के उठी और ऐसी ज़ोर से किवाड़ बन्द करके गई कि चौखट भी हिलने लगी। थोड़ी देर तक हम चुपचाप बैठे रहे फिर रजिन्दर भी उठ लिया। दरवाज़ा खोला और मुड़ के बोला—“देख लो भई...किसकी जिम्मेदारी है...”

***

नम्बर के अलावा बाक़ी सब ठीक था। बैंक में उसके पति के अलावा दो क्लर्क थे। एक चपरासी और एक गार्ड। गार्ड की दुनाली में कारतूस कभी नहीं भरे होते थे। फैक्ट्री के लोग कभी 10 बजे से पहले नहीं आते थे और कई बार तो 11-11 बजे तक भी। नम्बर डाल के सेफ खुल गया तो थैलियाँ एकदम सामने रखी रहती थीं। उठा के गाड़ी में लादी और चम्पत। हमने अगले महीने की 3 तारीख़ को तय किया।

हवा में अब ठंड की बस खुनक बची थी।

“इत्ता पैसा छिपाओगे कहाँ?” उसने पूछा था।

“बहुत मज़ेदार जगह है...देखने चलोगी?” मैंने उसे बताया कि रतूपुरे से उलटा लौटें कुड़का की ओर और पार करके जंगलों में घुसें तो एक जगह है।

“वहाँ मैं और दिनेश गए थे एक बार...उड़नतशतरियाँ ढूँढ़ते हुए...”

“वो क्या होता है?”

“होता है कुछ...इत्ती बढ़िया जगह है वो कि...” बोलते-बोलते मैं रुक गया। उसका चेहरा लटक गया था। पिछले पन्द्रह दिनों में उसने रूठना सीख लिया था। और रजिन्दर वाली भिड़ंत के बाद से तो वो एकदम ज़रा सी बात पे तिड़क जाती थी।

“यार तुझे भी ना...सब जानना है...उड़नतश्तरी मतलब...”

“तो रक्खो ना छिपा के सब...क्यों बताया कै कौन सा घर है वो तुमारा...नीले पर्दों वाला...”

“तो बता तो रया हूँ...उड़न...”

“नई जानना...”

***

रामनवमी के दिन दिनेश की सगाई टूटने की नौबत आ गई। ढोर हस्पताल की गुमटी पे अंजू अपने सबसे छोटे बेटे की उँगली पकड़े बिस्किट खरीदने आई तो हम तीनों चुप हो गए। उसने शरमा के रजिन्दर की तरफ़ देखा तो रजिन्दर भी शराफत से मुस्कुरा दिया। ऐसा करते हुए रजिन्दर हमेशा बहुत अव्वल दर्जे के चुगद लगता था। लेकिन हमें पता था कि अंजू के साथ उसकी शादी की बात चली थी। रजिन्दर ने हमें अंजू को लेके अपनी बीवी वाला क़िस्सा भी बताया था।

हुआ ये कि रजिन्दर और उसकी बीवी एक खेल खेलते थे जिसमें कभी रजिन्दर कुमार गौरव बन जाता तो कभी उसकी बीवी बबिता। एक बार जब वो ज़ीनत अमान बनी तो रजिन्दर को बड़ा मज़ा आया। लेकिन जब उसने रजिन्दर से जॉनी वॉकर होने को कहा तो वो बिदक गया।

“मैं ख़यालों में भी तुझे किसी सकूले को तो ना छूने दूँ...”

रजिन्दर की बीवी भी पक्की बाम्मनी है। एक सूत के कपड़े में चूल्हा जलाती है चाहे लू वाली गर्मी हो या जब्बर ठंडी। लेकिन ये भेदभाव उसे पसन्द नहीं आया। एक दिन रजिन्दर बोला—“चल आज अंजू बन जा...” अंजू बनने में बीवी को कोई पिराबलम ना थी। वो जानती थी कि इनका रिश्ते के लिए अंजू के घरवाले भी आए थे। बन तो वो गई अंजू लेकिन उस रात

उसके मन में खटका हुआ। बड़ी-बड़ी हीरोइनों पै भी ये एक बार में हो लेते हैं। लेकिन आज बोले चल एक बार और करैं। वो भी बस दसई मिंट बाद।

"ख़ैर उस रात तौ कुछ ना बोली लेकिन क़िस्मत की मार कि अगलै रोज अंजू पड़ोस में अपनी दोस्त सै मिलने आ गई...चाय-चू और पकौड़ों के बाद दोनों दोस्तें छत पै चली आईं कि चलौ गप्पें मारैं...क़िस्मत की मार ऐसा जाल बुनती है भाईसाब कि ठगे रै जाओ...वैसे तो हम छत पै जावै ना है लेकिन उस दिन चला गया छत पे...कै अम्मा कैती रैवे...छत चूवै छत चूवै...क्या बारिस आ जावैगी तौ करेगा इन्तज़ाम...सामने दिख गई अंजू तो दो-चार बात कर ली...उत्ते मैं यो भी आ गई छत पै...यो कैने कै अम्मा तो गई हैं पगला...उनकी तौ सुनो मत...जौ पैसे हो रक्खे हों जादा तौ कान की बाली का सोचौ जिसकी पागी पिछलै साल मारी थी तुमने...अब हम तौ आए थे हरि भजन कौ और ओटन लगे कपास...उसे कल रात वाली अंजू याद थी...कहा भी था कि आज तो बड़ा पेल रये हो...तौ जो दो-चार बातै होती वो हो लीं सुरसा-कांड..."

बीवी ने देखा, क्या समझा क्या नहीं ये तो वोई जाने लेकिन फिर से कभी रात का ये खेल नहीं हुआ।

अंजू चली गई तो रजिन्दर साँस छोड़ के बोला—"दोनोंई थीं बॉस...वो अन्नो तो...पूराई मोहल्ला...क़सम से!"

20 साल पहले
1974

अन्नो ने नहा-धो कर सोचा कि आज अहाते में मन्दिर जाके पूजा की जाए। वैसे तो ये उन्हीं के रख-रखाव में आने वाला मन्दिर था लेकिन अन्नो वहाँ कम ही जाती थी। घर पे ही पूजा की कोठरी में जाके हाथ

जोड़ लिए बस। लेकिन आज थोड़ी धूप खिल आई थी। तैयार होके बाहर निकली तो गिरीश कुएँ के पास वाली मुँडेर पे बैठा कुछ अनजान लड़कों के साथ बैठा था। लड़कों की नज़रों का उसके बदन से आके चिपक जाना कोई नया नहीं था अन्नो के लिए। जब वो छोटी थी तो भी लोग कहते थे कि गत्तों के बाद अगर पीपलटोले में कोई बी. एच. एम. बी. (बड़ा होके माल बनेगा) है तो वो अन्नो है। लड़कों का ऐसे देखना अन्नो को बहुत अच्छा भी लगता। ख़ासतौर पे तब जब वो और लड़कियों के साथ होती और लड़के सिर्फ़ और सिर्फ़ उसे देखते। जैसे-जैसे गिरीश के दोस्तों की गर्दनें घूमती गईं वैसे-वैसे अन्नो के पैर थिरकनदार होते गए। मन्दिर पहुँचकर अन्नो ने हाथ जोड़े। घंटी बजाई। और मन ही मन प्रार्थना की कि हो सके तो जसपुर के गुड्डू बाजपेई को यहाँ बुला लो। उसे गुड्डू बाजपेई में कोई ख़ास दिलचस्पी नहीं थी। डेढ़ रुपल्ली का रंगीन चश्मा झाड़ के बैलबॉटम लहराने वाले ठाकुरद्वारे में भी टका सेर मिलते थे। लेकिन अन्नो का कुत्ता तो महीप पै फँसा था। उसने अपनी सबसे ख़ास दोस्त अंजू से बोला भी था—"तैले तो मैं तमदी लब तरैं मुद्ते...तूई बोल...लब तरता तो...एतै आत ते तीन तै फ़ेन्तता आलू पामता?" वैसे अंजू जो उसे दुनिया से बेहतर समझती थी, उसका मानना था कि अन्नो महीप से प्यार करती है और चैती के मेले वाले दिन के बाद से अन्नो का प्यार और झंझावाती हो गया है। उसे डर था कि इस झंझावात में कहीं गुड्डू बाजपेई जैसा कोई लड़का अपना उल्लू न सीधा कर ले। वैसे अंजू को महीप चौबे और उसकी हरकतें कभी पसन्द नहीं आईं लेकिन चैती के मेले की 'ढिशुम ढिशुम' ने उसके लिए महीप को 'दीवार' के विजय के बराबर ला खड़ा किया था। अंजू ढोर डॉक्टर की लड़की थी। उसे फ़िल्मों का शौक़ था और टप्पर टॉकीज़ में आने वाली हर फ़िल्म वो पहला दिन पहला शो देखती थी। इन्हीं फ़िल्मों से उसने मनोविज्ञान सीखा था और उसका मानना था कि जब वो दूसरों का मन पढ़ती है तो कभी ग़लत नहीं होती। सिर्फ़ एक बार छोड़ के। तब वो आठवीं में पढ़ती थी। घर के पास ही ब्लॉक अफसर का घर भी था। गर्मी की छुट्टियों में उनका भान्जा घूमने आया। मनोज हरबोला नाम था उसका। बड़ा ही शर्मीला। इतना कि लड़कियों से भी ज़्यादा। अब पता नहीं अंजू को उसकी शर्म अच्छी लगी या क्या लेकिन बहाने मार के वो उसके

आसपास मँडराती रहती। एक दिन अंजू के दोस्त डॉक्टर-डॉक्टर खेल रहे थे। अंजू को ये खेल उस दिन से घिनौना लगने लग गया जब एक लड़के ने उसे इंजेक्शन देने की कोशिश की।

"पैले-पैले तो आले से देखा करै थे यहाँ-वहाँ घुमा के...अच्छा लगै था...वो गीता भी नरस बन जावै थी...वो हाथ पकड़ लै और नब्ज़ देखै... ये कम्पौंडर का लड़का...कमल...आला पकड़ के याँ रख दै और बोलै... साँस लौ...अच्छा लगै था...उस दिन तौ...कहवै...आपको इंजेक्सन देना पड़ैगा...मैंने कहा दै दो भाई...तो गीता से कैवै...तू बाहर जा...मैंने कहा वो क्यों बाहर जाए...तो कैता है...अकेले में देने का इंजेक्सन हैगा ये..."

तो उस दिन जब वो मनोज को इधर-उधर ढूँढ़ती ढोर हस्पताल के तबेले में पहुँची तो दंग रह गई। मनोज और कमल दोनों मिल के गीता को अपने इंजेक्शन लगाने की कोशिश कर रहे थे। गीता रो रही थी और तब उसने मनोज का चेहरा देखा। फ़िल्मों का मनोविज्ञान कहता था कि मनोज 'छोटी सी बात' का बुद्धू शर्मीला अमोल पालेकर था लेकिन जो वो देख रही थी उसके हिसाब से तो 'बॉबी' का प्रेम चोपड़ा भी एक सन्त है। इस घटना ने फ़िल्मों के प्रति अंजू के विश्वास को डगमगाया ज़रूर लेकिन हिलाया नहीं। हाँ उसने एक सबक लिया। किसी को पहचानने में जल्दबाज़ी मत करो।

अन्नो मन्दिर से निकली तो गिरीश और उसके दोस्त जा चुके थे। बस अभी थोड़ी देर में अंजू भी आ जाएगी और फिर वो दोनों छत पे धूप सेंकते हुए दुनिया भर की गप्पें मारेंगे।

***

महीप को अन्नो के बारे में भी सब खुल के बताना पड़ा। ना बताता तो छुन्नन सवाल पूछते। अपनी ही पतंग क्यों कटवानी है? और ऐसे ही क्यों कटवानी है की वो सीधे एक छत पे जाके गिरे? ये सब सुनकर छुन्नन सोच में पड़ गए। बसन्त पंचमी के रोज़ पतंग उड़ाने का ख़याल उन्हें गुदगुदा रहा था। जबसे चूड़ियों का बक्सा कन्धों पे लादा था पतंगों की तरफ़ मुड़ के भी नहीं देखा।

कोई क़सम नहीं खाई थी लेकिन शौक़ और पेट एक ही नाव के सवार नहीं होते ये पता चल गया था उन्हें।

"मैं तो अब पतंग उड़ाता नहीं महीप बाबू..."

"हाँ...वोई पूछना भी था...क्यों क्या हुआ?"

"अब्बा के बाद...येई सब...पैले तो पतंग उड़ाई...जो दिल किया करा... शाम को घर पौंचे तो अम्मा थाली सरकाई देवै थी...अब तो सबकी थालियाँ भी मेरे जिम्मे..."

महीप कुछ सोचता रहा फिर सतीश से बोला—"भई...इनसे पैसे मत लेना कचरी के..."

सतीश की तो फूँक सरक गई। बड़ा आया दानवीर करन। पता नई क्या चावै इस भलेमानस से। अच्छी बौनी करवाई थी दो रुपैये की सुबे-सुबे और अब कै रिया कि पैसे मत लेना। तू देगा क्या? बोल के चला जाएगा और फिर मैं ताका करूँगा और तू खेला करेगा। लेकिन जब महीप ने जेब से गड्डी निकाली तो सतीश की आँखें भी मिचमिचा गईं। इत्ता पैसा आया कहाँ से इसके पास। ज़रूर किसी जुए में लम्बा हाथ मारा होगा।

अपना दोना चबूतरे पे पटक के छुन्नन तेज़ी से उठ खड़े हुए—"ना ना...ऐसे कैसे..."

"ऐसे कैसे क्या...सतीश बाबू लेंगेई नई आपसे...हमारे मोहल्ले में हो तो हमै देंगे..."

पैसे तो ले लिए सतीश ने लेकिन उसका दिल बैठ रहा था। क्या करना क्या चावै ये ससुरा। इसके खीसे से तो कभी दुअन्नी ना निकलै। चाहे सामने वाला धोती उतार के पिछाड़ी कर दै सामने। ज़रूर किसी लौंडिया का चक्कर है। इस पूत के पाँव तो पालने मैई दिख गए थे। सतीश को याद आई महीप की बड़ी बहिन। गत्तों-गत्तों कह के बुलावै थे सब उसको। असली नाम याद ना आ रिया। अब तो ख़ैर शादी-वादी-बच्चे-कच्चे सब हो गए। भगवान भला करे उसका लेकिन उन दिनों में तो ऐसी छिनाल कै बाम्मनों के मोहल्ले ने पैले देखी ना थी कभी। भाईसाब ऐसे उछाल के चलती थी अपना माल-टाल कै पूरा क़स्बा नौड़ा करे था। जाँ से निकल गई वाँ की छतों पे मेला-सा लग जाता था। तो ऐसी का जो होना होवै वोई हुआ। घेर लिया एक दिन भड़भूँजों

के छिछोरों ने। साम का बखत। अब कौन ने काँ हाथ मारा किसको पता। तब महीप 18 का था और इसके भाई तो और छोटे। लेकिन थे सब साले जब्बरजांट। सबसे पैले तो स्कूल जाके हॉकी इस्सू करवाईं। पीटी मास्टर भी बोला क्या घरै की टीम बनै हैगी। उसको मारा लप्पड़ और फिर बाहर निकल के साइकिल वाले से चेनें छीनी। चाक़ू ना होवै था तब इनके पास नई तो पता नई उस रोज़ क्या होता। अब गत्तों बताई न पावै कि कौन-कौन था। तो सालों ने पूरा मोहल्ला ख़ूनखच्चर कर दिया। दस दिन तलक भड़भूँजों के भाड़ ना धुँके। उस दिन के बाद से तो सब तरफ़ चौबेई-चौबे। हाथ जो खुल गया था। सतीश को ये न समझ आता कि भई अपनी बहन पे तो लंका चढ़ आए और दूसरे की बहनें क्या बहनें नहीं?

***

एक पॉइंट के बाद रिक्शेवाले ने दोनों उस्तादों को उतार दिया। बोला आगे नहीं जाऊँगा क्योंकि सड़क पे बजरी कुटी है। उस्तादों ने उसे एक रुपया थमाया और ख़ुद ही आगे बढ़ लिए। दोनों तरफ़ छोटी ईंटों वाले मकान थे। कभी-कभी कोई ख़ाली प्लॉट भी दिख जाता। ऐसे ही एक प्लॉट में कुछ भैंसें खड़ी पगुरा रही थीं। एक घर के चौबारे पे सोये एक कुत्ते ने उनींदी आँखों से उन्हें देखा, तंग कर रही मक्खी पे मुँह से झपट्टा मारा और फिर नीचे बिछी बोरी पे थोबड़ा रख के सो गया। एक उस्ताद ने सोचा कि ये मक्खियाँ भी क्या चीज़ हैं। इत्ता जाड़ा फिर भी ससुरियों को चैन नहीं। ये वाले उस्ताद अपने सोच की ही खाते थे। मिक्की मियाँ के अब्बा हुज़ूर, जो अंग्रेज़ों के ज़माने में रामपुर के नवाब थे, हमेशा कहा करते थे—"बहस करता हूँ होके अबजद-ख्वाँ/किस कदर बे-हिसाब करता हूँ।" और फिर कह के हँस पड़ते। बड़े ज़हीन आदमी थे। अल्लाह मियाँ उनकी रूह को जन्नत बख़्शे। नाटकों का कित्ता शौक़ था उन्हें। जब देखो तब मथुरा-दिल्ली की पाल्टियाँ डेरा डाले रहती थीं। उन्हीं से सीखा इन वाले उस्ताद ने सोचना। पहले कभी बहस भी किया करते थे। लेकिन मिक्की मियाँ दूसरे सुभाव के हैं। बस वोई सुनना है जो अच्छा लगे। अब इस उमर में जाएँ तो जाएँ भी

कहाँ। जहाँ की रोटी सारी उमर तोड़ी वहीं की मिलते फ़ना हो जाएँ बस। हाँ शमीना बानो थोड़ी अलग हैं। सुनती तो हैं कम से कम। छुन्नन के बारे में जब बताया था तो जैसे ख़ज़ाना मिल गया। दौड़ी-दौड़ी इस मनहूस क़स्बे में चली आईं।

"पूरे एक साल! और एक पतंग नहीं कटी उनकी?" शमीना बानो की उतावली एकदम बच्चों जैसी।

पिछलैई साल कांठ के सुतार हलवाई का नाम सुनते ही कैसे भागी-भागी गई थी उनके पास। किसी ज़माने में रामपुर का अदरक का हलवा मतलब दस्तरख़्वानों की शान। अब बनाने को तो सोंठ, मटर और घी। बस। लेकिन उस्तादों की बात ही कुछ और। कितना-कितना डालना है सब और कितना-कितना भूनना है और कब कैसे क्या डालो। तब जाके बनै ये नवाबी हलवा। अब तो ख़ैर बची नहीं वैसी उस्तादी। सुतार हलवाई का भी किसी ने बेपर का उड़ा दिया कि जन्नत को प्यारे हो गए। गाज़ गिरै ऐसी ज़ुबान पै। वो भलामानस एकदम ज़िन्दा। पता चला तो गई भाग के। अपनी रोलस रैस निकाली और दो घंटे में कांठ। ये साली रोलस रैस भी जहाँ ले जाओ एक आफत। कहवैं कि हर एक कोस पै तीन रुपैये बराबर का पिटरोल पीवै। वैसे बाहर से क्या और अन्दर से क्या शान है इसकी। जिस सड़क से गुज़र जाओ सबकी आँखें चिपक जावैं। सीट ऐसी कि लगै छै-धुन्नी रुई के गद्दे पे बैठे हों। गर्मी हो तो ये बटन दबा दो और जो ठंड पड़ै तो वो वाला। क़सम हफ़ीज़ बाबा की...जिनगी हो तो साली ऐसी।

कही-सुनी पे यक़ीन नहीं करती ये लड़की। बनवा के जब तक मुँह में धरवा नहीं लिया सुतार की उस्तादी नई मानी। और जो एक बार मानी तो क्या कहने साब। कहाँ-कहाँ नहीं ले गई उस हलवाई को। बेचारा नाम भी न ले पावै था बिदेस के सेहरों के। 'परीस' 'बेरसीलोना' ना जाने क्या-क्या। अब छुन्नन पे नज़रें मेहरबान हैa तो देखो क्या होता है। दोनों उस्ताद जब तक सतीश कचरी वाले तलक पौंचे महीप और छुन्नन दोनों जा चुके थे। गज-गज भर की शेरवानियाँ पहने इन दो अनजान बुड्ढों को देख के सतीश के बचे-खुचे होश भी फ़ाख़्ता हो गए। ज़रूर कोई खेंच है आज की सुबह में।

20 साल बाद
1994

दिनेश ने बताया कि किसी रिश्तेदार ने लंगड़-लंगड़ खेल लिया था। "चुल्ल उठा करै ना वो चुल्ल...तो वोई उठी फूफा को...और काहे का फूफा...हमारे हियाँ तो कोई मानै भी ना है...बाउजी ने साफ़-साफ़ मना कर रक्खा हैगा बुआ को...भई तेरा घर है तू आ-जा ले...लेकिन अपने उस नकटे को दूरई रख...मुँह की बवासीर-सी लेकै घूमे...हमैं ना पता क्या...गए होंगे ये जसपुर...सोचा लड़के की बुआ भी रेहवैं...तो चलो मिल-मिला लेवै...बस उठ गई चुल्ल...कै दिया...लड़के की कौन सी दुकान...वो तो बिक गई तीन महीने पैले...मैंने कहा...भाई आपै लोग सोचो...माल सारा मेरा पड़ा है घर पै...किराए की दुकान थी...छोड़ दी...कल को दूसरी कर लैंगे...भई दुकान माल से होवै कि शटर से होवै...बोले यो बात तो ना हुई थी...मैंने भी कहा कि चलो जो बात हुई थी वोई कर लो..."

"अरे क्यों भड़भड़ा रया है इत्ता...गोली मार..." रजिन्दर को डर लगा कहीं दिनेश ढीला तो नहीं हो रहा।

"ना ना सुन तो ले...मैंने कहा करो ना वोई बात जो की थी...बाउजी तो बोलै थे कै मोटरसाइकिल दो लड़के को...भई रुड़की-गोरखपुर वाले को मारुती देवै हो कि नई...हमारा वाला ऑय टी ऑय हैगा तो मोटरसाइकिल दो...टीवी दो रंगीन...और लड़के को डालनी है एग्राविस की मशीन...उसमें लगेंगे पूरे सवा लाख...तौ मुंडी हिलाई थी कै नई...वो तो मैंने कहा कि बाउ जी...लड़की लावैंगे तो बस एक साड़ी में...कहा कै नई..."

"बस तो फैर चूतिया को चूतिया बना दिया और क्या..." रजिन्दर का ज़हर-तरकश कभी ख़ाली नहीं होता था—"छोड़ यार...तेरे जैसे को मिल जावेंगी पचासियों...मरने दे सालों को..."

"नई यार...लड़की तो वो..." दिनेश बस इतना कह के चुप हो गया। कुछ चमका उसकी आँख में। पनीली परत जैसा।

***

जिस दिन रजिन्दर ब्रा-चड्डी लेने दिल्ली गया था मैंने उसकी मोटरसाइकिल माँग ली। उसे बोला कि वो मुझे रतूपुरा पार करके कुड़का की पुलिया पे मिले। ये कहने को पुलिया थी लेकिन दोनों तरफ़ से धँस चुकी थी। लेकिन एक जगह पे पानी उथला था। मैं और वो रज्जो को धक्का लगा के कुड़का पार कर गए। एक जगह पे वो चिहुँक के चिल्लाई—"साँप था! साँप था!" यहाँ पे घास बहुत ऊँची थी और उसने वाकई में कोई साँप देखा होगा। उस तरफ़ पहुँच के मैंने रज्जो स्टार्ट की और उसे बैठने के लिए बोला। जब वो दोनों पैर एक तरफ़ करके बैठने लगी तो मैंने कहा—"ऐसे क्या...पीछे चिपक के बैठो...यहाँ कौन देखने वाला है..." जंगल की ऊबड़-खाबड़ ओसीली ज़मीन पे रज्जो उछलती तो वो और कस के चिपक जाती। चारों तरफ़ बस पेड़ ही पेड़ थे। और उनसे लटकी ख़ुशियाँ। मैं उसे उस जगह ले गया जहाँ पेड़ों ने झुककर एक गली-सी बना ली थी। लगभग बीस दिन पहले मैं और दिनेश उड़नतश्तरी ढूँढ़ते यहीं पे आए थे। उस दिन उसके रूठने के बाद मैंने उसे सब कुछ बता दिया था। सब सुनने के बाद उसने बस इतना ही बोला था—"मतलब छुटपन सेई पागल रए हो तुम!"

मोटरसाइकिल को खड़ा करके मैं उसे उस पेड़ के पास ले गया जो बहुत बूढ़ा हो चुका था। जंगली बेलों से लदा। मैंने बेलें हटा के उसे वो खोह दिखाई जहाँ हम पैसा छिपाने वाले थे। वो घर से परांठे-सब्ज़ी बना के लाई थी। खाने के बाद हम दोनों ने वहीं बैठ के गाँजा पिया और फिर लौट गए। पता नहीं क्यों मुझे प्रियंवदा याद आई। बहुत-बहुत दिन बाद। वो मेरी तरफ़ पीठ करके दूर एक टेबल पर कहीं बैठी थी। शायद कॉफ़ी पीती हुई। मैंने चाहा कि वो पलट के मेरी तरफ़ देखे भी ना।

***

उसी दिन शाम को एकदम हंगामा-सा मच गया। अचानक से बहुत ठंडी हवा चली और आसमान भी धुँधासा हो गया। बक्सों में रख दिए कोट और स्वेटर फिर से निकल आए। रात के नौ बजे होंगे जब बाहर की कुंडी किसी ने बजाई। इतनी रात को हम नीचे का मेन गेट किराएदारों के

खोलने के लिए छोड़ देते हैं। मैं अद्धे स्वेटर में ही ठिठुरता हुआ सा छत की मुँडेर पे टिक के सिगरेट पी रहा था जब मुझे उसके किसी से बात करने की आवाज़ सुनाई दी। इस समय कौन होगा? फिर वो उनके साथ ऊपर चढ़ने लगी।

"चाचीईईई!"—वो सीढ़ियों से ही चिल्लाई। मम्मी ने रज़ाई से उठ के दरवाज़ा खोला। मैं भी नीचे पहली मंज़िल पे आ गया। दिनेश एक लड़की के साथ घबराया हुआ सा खड़ा था। मैंने मम्मी को वापस जाके लेटने के लिए बोला और दिनेश और उस लड़की को लेके अपने कमरे में आ गया। ये भी पीछे-पीछे चली आई। कमरे में आके लड़की खड़ी रही तो दिनेश ने कहा—"अब बैठ जा..." वो बैठ गई।

"अब बता दै भई क्या मंशा है तेरी..."

वो फिर भी चुप रही।

"मैं चाय बना के लाऊँ?" इसने पूछा तो दिनेश ने मना कर दिया।

"अब बता दै क्या करना है...इससे कुछ ना छिपाता मैं...छोटा भाई है यो मेरा..." वो फिर भी चुप रही तो दिनेश ख़ुद ही बताने लगा।

"घर पै आ गई यो...बिना बताए किसी को...बाउजी ने दरवाज़ा खोला था...अब उनें तो पता नहीं कौन है यो...एक बार बस देखने के लिए गए थे...वो पूछै तो उनें नाम भी ना बता रही...बस जी...दिनेश को बुला दो दिनेश को बुला दो...मैं अन्दर बैठा खाना खा रिया था...आके बोलै...कोई लड़की है...अब बताओ...रात के साढ़े आठ...और आप खड़ी हैं दरवाज़े पै...यो भी ना कि सूटरई डाल लेते..."

पहली बार वो बोली—"जब चले थे तौ ठंड ना थी इत्ती..."

"अब खड़ी हैं ये...क्या करूँ इनका? बाउजी से बात की...बोले हरगिज़ नहीं...पराए घर की लड़की...बिना पूछे-पाछे...ऐसे कैसे घर में ले लैं...अम्मा भी बोली...एक तौ पैले इसके घरवाले बोलें ना होगी यो शादी...भैया ऐसी भगी हुई लड़की से ना करनी हमें अपने लौंडे की शादी... दो-दो छोटी बहनें हैं इसके पीछे...बिरादरी का भी कुछ सोचें कि नई... अब मैं सोचूँ...इत्ती रात को कहाँ लेके जाऊँ इसे..."

"ना ना एकदम ठीक किया भैया आपने..." लेके आया था दिनेश उसे मेरे घर लेकिन हामी ये महारानी भर रही थीं —"लेकिन इनसे भी तो पूछ लो इनके मन में क्या है..."

वो लड़की फिर भी चुप रही। दिनेश खिसिया गया—"वो टूबवेल पै तो बड़ी बातें बना रई थी...अब एकदम से सुन्ना मार गया हैगा..."

"हमनै तो मान लिया...इनी के संग रैना है सारी जिनगी...अब मेरे घर वाले जौ भी बोलैं..."

***

अगले दिन सुबह-सुबह हम नगलिया निकल गए। बीस पक्के और पचासेक कच्चे मकानों वाला ये गाँव जसपुर जाने वाली सड़क पे आती-जाती बसों के लिए चाय पीने का ठौर था। रास्ते में मुझे वो खेत भी दिखा जहाँ छज्जू सिंह का मर्डर हुआ था। इलाक़े के गन्ना-क्रशर्स मालिकों के ख़िलाफ़ किसानों की हड़ताल के सबसे बड़े अगुआ थे वो। ठाकुरद्वारा विधानसभा क्षेत्र के लिए कम्यूनिस्ट पार्टी उन्हें लड़ाने का भी सोच रही थी। ये 19 साल पहले की बात है। तब मैं सिर्फ़ 7 साल का था। छज्जू सिंह के लड़के की बरात में जाना था इसलिए पापा मुझे लेके एक दिन पहले ही नगलिया पहुँच गए थे। अगली सुबह फारिग होने के लिए छज्जू चाचा मुझे और पापा को खेतों में ले गए। गन्ने की फसल में छिप के घुटनों के बल बैठा मैं एक घोंघे के बच्चे को देख रहा था। वो भी अपने दोनों टूँड़ उठा के मुझे देख रहा था। हम दोनों इस ख़ुशनुमा सुबह के मज़े ले रहे थे। मुझे याद है घोंघे ने मुझसे पूछा था—"तुम कॉमिक्स पढ़ते हो ना?" मुझे थोड़ी हैरानी भी हुई कि इसे कैसे पता। मैंने कहा, हाँ, तो उसने कहा—"अगली बार जब आओगे तो लेके आना। मैं भी पढ़ूँगा। इसके पहले कि मैं उसे जवाब दे पाता कहीं एक ज़ोर की आवाज़ हुई। झुक्क्क्क्क्क!! जैसे किसी ने सुतली बम फोड़ा हो। मैंने उठ के देखा। छज्जू चाचा लहरा के नीचे गिर रहे थे और उनकी मुंडी से ख़ून का फव्वारा निकल रहा था।

बहुत-बहुत सालों बाद मैं और प्रियंवदा बुजून के जंगलों के गेस्ट हाउस में बाहर बरामदे में बैठे कॉफ़ी पी रहे थे। वो अपने पोर्टेबल रिकॉर्ड प्लेयर पे ज्यॉर्ज जोन्स सुन रही थी। "ही सैड आय विल लव यू टिल आय डाय/ शी टोल्ड हिम यू विल फॉरगेट इन टाइम..." मुझे गेस्ट हाउस में किसी बच्चे की छोड़ी एक कॉमिक्स मिल गई थी और मैं आरामकुर्सी पे पसर के उसे पढ़ रहा था जब सामने घास पे वो मुझे फिर से दिख गया। "तुम लौटे ही नहीं फिर कभी नगलिया..." उसने कहा तो मैं कॉमिक्स उठा के उसके पास घास पे ही चला गया। कॉमिक्स के पन्नों पे उसे उठा के मैंने कहा—"चल एक साथ पढ़ते हैं..."

"ही केप्ट सम लेटर्स बाई हिज बेड / डेटेड नाइंटीन सिक्सटी टू / ही हैड अंडरलाइन्ड इन रेड / एवरी सिंगल आय लव यू।"

एक छप्पर वाले घर के आगे हमने रज्जो को रोक दिया। छप्पर पे देसी वाली गोल लौकियाँ छितरी थीं। सोचा जाते हुए एक-दो किलो लेता जाऊँगा। मम्मी लौकी के कोफ्ते बहुत अच्छे बनाती हैं। ये एक लुहार का घर था और अन्दर एक भट्ठी पे वो हँसुआ-छेनी घुमा रहा था। हमें देख के वो उठ गया और अन्दर से एक थैला लेता आया। बिना कुछ बोले जब वो बाहर चला गया तो हम भी उसके पीछे-पीछे चल दिए। वो जान-बूझकर हमसे काफ़ी आगे चल रहा था। कोई पाँच मिनट बाद हम एक नहर के पास जाके रुक गए। एक जगह जहाँ घुटनों-घुटनों पानी था वो लुहार थैला पकड़े अन्दर घुस गया। थैले से उसने एक कट्टा निकाला। अपनी जेब से एक कारतूस निकालकर भरा और कट्टे को पानी में डुबाकर फायर किया। बहुत ही मामूली-सी आवाज़ हुई लेकिन पानी ख़ूब उछला।

"ला भई हमें भी टेस्ट करा दे..." रजिन्दर भी पानी में घुस गया।

दिनेश मुझसे धीमी आवाज़ में बात करने लगा—"जब चलानी नहीं गोली तो...कुच्छौ कर लो भाईसाब...इसकी लीलाएँ ख़तम ना होतीं..."

रजिन्दर ने भी फायर किया और एकदम बच्चों जैसा ख़ुश होके हँसने लगा।

"आओ-आओ...एकदम मक्खन है ससुरी..."

"ना ना तू ही कर लै अपनी पटाखेबाज़ी...हमैं ना सौक बच्चों वाले!" दिनेश ने छेड़ा।

"हाँ हाँ...तेरे तो सौक आजकल निराले हैं भैया..."

दिनेश ने तन्ना के उसकी तरफ़ देखा—"इसका क्या मतलब हुआ?"

वो तो न रजिन्दर ने पलट के कुछ कहा और ना ही दिनेश ने और बात टल गई।

***

सुनीता और माँ में अच्छी छन रही थी। उन्हें मेरे लिए एक बहू चाहिए थी। कहती थीं बहू से भी ज़्यादा एक बेटी। मुझसे तो उन्होंने उम्मीदें ही छोड़ दी थीं लेकिन दिनेश की मंगेतर सेई उन्होंने आधे दिन में ही कुछ बुन-बुना लिया था। यहाँ तक कह डाला था कि एकदम डरना मत। अगर बहुत हुआ तो तुम हमारे घर से ब्याह करके दिनेश के घर जाओगी। हमारे आते ही माँ ने सुनीता की तारीफ़ करनी शुरू कर दी।

"मैंने कहा भई बैठो...मेहमान हो हमारे...नई जी...ना आंटी...बैठा तो जाताई नई...बस काम बताओ आप तो...और पता है क्या कहती...मायके में भी भला कोई बैठता है...माँ खटे और बेटी पलंग तोड़े...हमारा तो दिल जीत लिया भई दिनेश तेरी बहू ने..."

दिनेश फिक्क से हँसा—"बहू अभी कहाँ आंटी...अभी तो महाभारत मचना है..."

"कौन करेगा महाभारत...हम भी तो देखें...हमारी बेटी को एक बात भी बोली किसी ने तो..."

मुझे डर लगा कि कहीं मम्मी ओवर इमोशनल होके कुछ अनाप-शनाप ना बक दें तो मैंने बात लपक ली।

"चाय तो पिला दो मम्मी..."

सुनते ही सुनीता चौके की ओर बढ़ने लगी—"मैं बना देती हूँ..."

माँ फूल के कुप्पा—"देखा! और क्या चाय बनती है लड़की! सुबह की जो अदरक वाली बनाई तो तेरे पापा तीन के बजाय 13 कप बनवा चुके

हैं अब तक...भैया कोई बहन हो इसकी छोटी तो इसके लिए बुक करवा दे तू तो...एकई ख़ून होगा उसमें भी..."

दिनेश फिर से फिक्क दैनी हँसा—"ख़ून तो ख़ैर..."

चाय लेके हम दोनों छत के कमरे में आए ही थे कि ये भी आ गई और आते ही किवाड़ बन्द कर लिया।

"तुम लोग तो मरौगेई...हम भी न बचेंगे..."

पहले तो हमें लगा सुनीता को लेके कुछ हुआ है लेकिन वो बैंक डकैती की बात कर रही थी।

"कित्ती बार गए तुम लोग रतूपुरा?"

"क्यों? होगा कोई...छै-सात बार गए होंगे..."

"और जब डाके के बाद पुलिस पूछेगी तो क्या बतावैंगे गाँव वाले? ठाकुरद्वारे के तीन लौंडे मोटरसैकल पै आवै थे...कित्ती बार आए...दसियों फेरे आए...लौंडे कैसे दिखते थे? मोटरसैकल कैसी दिखने में? कित्ते दिन बचोगे फैर?"

"यार यो तो साला...उस गुमुट्टू को भी नहीं सूझा..." दिनेश को भी लगा कि बड़ी भूल होते-होते बच गई—"तो अब क्या करें?"

शाम को रजिन्दर के साथ मिल के तय हुआ कि हमें रतूपुरे में चाहे छोटी सी सही लेकिन एक ज़मीन खरीदनी होगी। पुलिस ने पूछा तो बोल देंगे ज़मीन देखने जाते थे। 'ये ग़लत वो सही' करते-करते रजिन्दर ने कहा—"चलो जी...डाका डले न डले...जमींदार तो होइयो जावेंगे..." और सब लोग ठी-ठी करने लगे।

***

अगले दिन सुनीता की बुआ जी आन धमकीं। अकेले में बैठ के ख़ूब कहा-सुनी हुई। माँ की जान अटकी थी लेकिन वो उस कमरे में नहीं गईं जहाँ बुआ जी सुनीता से बात कर रही थीं। बुआ जी ने कहा कि दिनेश को बुलाओ तो दिनेश आ गया। दोपहर में बस पकड़ने से पहले बुआ जी ने अपने घरवालों की तरफ़ से रिश्ता फिर से जोड़ लिया। माँ ने पूछा कि आपके कहने को मान

लें कि अब फ़ाइनल है तो बुआ ने कहा, मेरी बात कोई ना टालै मेरे घर में। सुनीता उनके साथ घर वापस जाने लगी तो माँ ख़ूब गले मिलीं और चट्ट दैनी एक बनारसी साड़ी भी थमा दी सुनीता के हाथों में। सुनीता ऐसे रोई जैसे कोई विदाई हो रही हो। जाते हुए उसने पैर छुए तो दिनेश ने भी झुक के पैर छू लिए माँ के।

***

रतूपुरे में गाँव से सटे खेत महँगे थे। हमें कौन-सा टिरक्टर चलाना था। पछाह के टीलों के पास वाली ज़मीन 11 हज़ार में निबट गई। उसका किसान मालिक बहुत खाँस रहा था।

"अबै टीबी-सीबी है क्या कुछ! धचका रुकइ ना रिया मेरे यार का..." रजिन्दर के लिए कभी भी बेसुधी बातें करना बड़ा ही आसान था।

जवाब में वो मरगिल्ला-सा किसान फिर खाँसा।

"अबै यो बीमारी तेरै खेत को तौ ना भाई...पता चला गोड़ा-गाड़ी करैं तौ हमै भी पकड़ लै..."

कहीं इसी बात पे खेत का दाम न गिरा दे अगला...ये सोच के किसान इस बार गले के भीतर ही खाँस लिया।

"मसरूम बोवैंगे मसरूम..."

रजिन्दर ने दसवीं बार उस किसान को ये बताया। वो तो अच्छा हुआ कि वो किसान अपनी खाँसी में इतना फँसा था कि उसने ये ना पूछा कि ये 'मसरूम' होवै क्या है। प्लान यही था कि अगर पुलिस पूछताछ करे तो उन्हें पिछले छै महीनों के अपने प्लान्स बता दिए जाएँ। कि कैसे मुर्गी पालन से लेके मशरूम की खेती तक का क्या-क्या नहीं सोचा हमने। क़स्बे का दरोगा भले ही था सरयूपारी लेकिन है तो बाम्मन ही। हम तीन बाम्मनों का रोना-गाना कुछ तो काम करेगा। डकैती के बाद पुलिस हमसे भी पूछताछ कर सकती है ये सोचकर ही झुरझुरी-सी चढ़ जाती थी।

***

अब बहुत कुछ करने के लिए बचा नहीं था। एक इन्तज़ार था जो कभी ऐसा लगता कि जल्दी ख़तम हो तो कभी ऐसा लगता कि काश हमीं में से कोई कहे कि ये सब तो एक मज़ाक़ था। मैंने रजिन्दर और दिनेश को बता दिया था कि जैसे ही डकैती की गर्मी छँटने लगेगी, मैं और वो दिल्ली चले जाएँगे। ये शायद उन दिनों का पागलपन ही था कि दोनों ने कोई बहस नहीं की। उन्हें ये बात भी दिमाग़ में नहीं आई कि पुलिस क्या ये नहीं पूछेगी कि जिस बैंक में डाका पड़ा उसी के मैनेजर की बीवी अपने मकान मालिक के बेटे के साथ क्यों भाग गई। वो लड़का जो उसी बैंक के चक्कर लगाया करता था। शायद प्लान बनाते-बनाते हम सभी थक चुके थे। डकैती के पैसों को हमने कम से कम एक साल तक छूना नहीं था। और फिर धीरे-धीरे करके ही उन्हें खर्च करना था।

बहुत दिनों तक हम दोनों ने भी अपने प्लान्स की बात नहीं की। फिर एक दिन जब उसका पति बच्ची को लेके नजीबाबाद गया तो वो सारा दिन मेरे ही साथ छत वाले कमरे में रही।

"तुम क्यों नहीं गईं दोनों के साथ..."

"अरे वो...एक भाई है इनका...चचेरा...उसकी लुगाई के संग मेरी ना बनती..."

"ये आने वाली मई में...बस दो महीने...हम लोग दिल्ली में होंगे..."

"हूँ..."

"सब सोच लिया है कै नई..."

"सोचना क्या है..."

"जो भी है तुम्हारा...घर रिश्ते...किसी से ना मिल पाओगी बहुत दिनों तक...मैं भी. ."

"मैं भी क्या?"

मैं चुप रहा।

"चाची को तो मैं पसन्द आऊँ..."

"हाँ लेकिन...कुछ दिन तलक तो वो भी ग़ुस्सा रहेंगी..."

"इसलिए कै मैं शादीशुदा हूँ...उम्र में बड़ी हूँ तुमसे?"

"वो भी और...उससे भी जादा...कोई बरात लेके नहीं जा रहा न तुम्हारे घर...कहेंगी अकेला लड़का और सब चौपट कर दिया...शादी जैसी शादी

होती तो उनकी बहनें आतीं...धूमधाम रहती घर में...बनारसी साड़ियाँ निकाल के पहनतीं...पटाखे छूटते...पिछली दफ़ा जब अपनी भान्जी की शादी में गई थीं तो हर समय का बस यही...हमें ये सुख कब मिलेगा..."

"जब मेरा ब्याह हो रहा था तो तुम कहाँ थे?"

फिर अपने आप से ही हँसने लगी—"मालूम? पैली बार जब एक लड़का अच्छा लगा था तो मैं...तेरह की थी...और तुम तो तब...कच्छी में घूमते होगे..."

"अच्छा जी...आपको लड़के भी अच्छे लगते थे...यो तो ना बताया कभी..."

"यो जो आवै ना चुनिया को पढ़ाने...इसका भाई..."

"कौन? ये मास्टरनी?"

"हाँ...हमारे ही गाँव की तो है...पता है इसके मरद ने इसे..."

"अच्छा! चमन लाला वाला पता है इसका कांड?"

"छी छी छी! उसमें कांड क्या हो गया...तुम मरद लोग भी ना...सभै एकई जैसे...मादरचोद!"

"अच्छा चलो जो चमन लाला ने किया वो तो...चलो वो तो एक तरफ़...लेकिन इसके घर पे जो राशन आता है हर महीने...वो कांड ना हुआ?"

"अरे ना आता भाई कोई रासन-फासन..."

"हाँ जैसे तुमेई तो बताएगी वो..."

"हमैं पता है...सब उड़ा रक्खी है तुम्हारे ठाकुरद्वारे वालों ने...कोई ना आता रासन-फासन..."

"तो इसके भाई से क्या?"

"कुच्छ ना..."

"अरे! अभी तो बोली कि..."

"हाँ, बोले-बोले तब बोले...अब जब मूड होगा फिर से तो बताएँगे..."

"तुम्हारे मूड का तो एकदम...मूड ना हुआ चेरापूँजी की बारिश हो गई..."

"वो क्या होता है?" उसने चमक के पूछा।

"कब आएगी कब जाएगी सब रामभरोसे..."

"हाँ तो सोच लो पैले सेई...ऐसेई मूड हैगा हमारा...बाद में अपने उस सुफेद घर में बिठा के मत बोलना कि बताया नई था..."

एक पल के लिए मैं उसे देखता रहा। वो वाकई में उखड़ी हुई थी।

"अच्छा बस एक बात बता दो..."

"क्या?" वो गुर्राई।

"तुम्हें झगड़ा करने में तो मज़ा नहीं आता ना..."

उसने अपनी कंचे जैसी चमकदार आँखें उठा के मेरी तरफ़ देखा और बोली—"दस साल बड़ी हूँ...तुम जवान रहोगे तौ मैं झूलने लगूँगी...तब क्या करोगे?"

"हाँ यार, फँस तो गया मैं..." मैंने मुँह लटका के कहा तो वो हँस-हँस के दोहरी होने लगी और फिर अचानक से चुप हो गई। लेकिन बस एक पल के लिए। अपने दोनों हाथों से उसने मेरा चेहरा थामा और खींच के अपने होंठों तक ले गई। उसकी जीभ मेरे मुँह के अन्दर थी। उसके मुँह का पानी अमृत था। और फिर वो फुसफुसा के बोली—"हमैं...बड़ा डर लग रया हमैं..."

***

शाम तक पता चला कि महीप चौबे का एक्सीडेंट हो गया। कुछ साल पहले वो अपने बाल-बच्चों के साथ बिलारी शिफ्ट हो गया था। जब ठाकुरद्वारे में रहते बहुत बुरे दिन आ गए तो उसकी ससुराल वालों ने वहीं पे कुछ इन्तज़ाम कर दिया था। एक दिन पीपलटोले का ये ऐतिहासिक बाम्मन-पुत्र सब कुछ छोड़-छाड़ के ऐसे चल पड़ा मानो चबूतरे वाले पीपल को कह रहा हो—"यह लौ अपनी लकुटी-कमरिया...बहुत्यौ नाच नचायो..." किसी ने कहा, महीप दद्दा बिलारी की सब्ज़ी-मंडी में आढ़ती हो गए हैं तो किसी ने कहा पटवारियों के दल्ले। जितने मुँह उतनी बातें। कभी-कभी होरी-दीवाली लौटते थे महीप दद्दा। लेकिन रिक्से से उतर के जो घर के अन्दर गए तो फिर बस-अड्डे ले जाने वाला रिक्सा ही आता था। दो साल पहले की बात है। शाखा के कुछ लोग उनसे बिलारी मिलने गए। वो चन्द्रशेखर आज़ाद

जैसी मूँछों वाला बोला—"दद्दा! पीपलटोला तौ अभी तक तुम्हें ही याद करता है..." ये कुछ ना बोले।

"पूरे देस का हाल तौ किसी से छिपा ना है...अब सारा समाज आप जैसे वीर बाम्मनों की तरफ़ देख रिया है..."

महीप दद्दा तब भी कुछ ना बोले।

"मन्दिर बनाना है फ़ैज़ाबाद में...राम लल्ला का...ठाकुरद्वारे से का सेवक चाहिए पूरे हज़ार...आप जाके पीपलटोले में हमारी मदद कर दौगे तो सौ तो वहीं से उठ खड़े होंगे...बाक़ी नौ सौ का हम देख लैंगे..."

महीप दद्दा को नहीं बोलना था सो नहीं ही बोले कुछ। सुनते हैं शाखा वालों ने बड़ा रोना गायां बाम्मनों के बुरे हाल का। लेकिन महीप दद्दा ने तो जैसे उस दिन मौन व्रत रक्खा था। ये बात फैलनी ही थी कि कैसे महीप दद्दा ने बाम्मनों के साथ दगाबाज़ी की लेकिन मेरे मन में उनके लिए भाव थोड़ा ऊँचा हो गया।

एक्सीडेंट के बाद महीप चौबे को आज बिलारी से घर लाया गया था। एक्सीडेंट तो मामूली था लेकिन महीप चौबे की ज़िन्दगी बरबाद कर गया। हुआ यूँ कि रतौली से बस पकड़ के बिलारी वापस आ रहे थे। कहते हैं पिछले कुछ सालों से उन्हें अफीम खाने की आदत पड़ गई थी। अफीम खाने वालों को नींद बहुत आती है। तो बिलारी आ भी गया और दद्दा सीट पे सोये रहे। आँख खुली तो देखा बिछोला कुन्दरकी का हाट। यहाँ आना-जाना था इसलिए अफीम के नशे में भी पहचान गए। हड़बड़ा के उठे तो चलती बस में सीट के ऊपर वाले लोहे के जँगले से मुंडी टकराई। गरम-गरम चोट समझ ना आई। चिल्ला के बस रुकवा दी। कोई दो कोस होगा बिछोला कुन्दरकी बिलारी से तो एक रिक्सा पकड़ लिया। कुन्दरकी का रिक्सा वाला बोला बिलारी तो ले जाऊँगा पर घर का रास्ता बता दीजियो। अब बिलारी पहुँच के महीप दद्दा को अपना घरै याद ना आवै। कभी कहवैं दाएँ मोड़ कभी कहवैं सीधे चलते जा।

थोड़ी देर बाद रिक्सावाला बोला—"हुज़ूर! छोटा मुँह बड़ी बात! दस रुपल्ली में वाँ से याँ लाए और पूरा बिलारी भ्रमण करवा दिया। पर घर तौ अपना...ससुरा कुत्ते को भी याद रैवे। पैर गए हैं दुख...पैडल मार-मार के...

चुप्पैचाप भाड़ा दै दो और उतर जाव रिक्सा दैनी...वरना कुन्दरकी कै हैं... चाकू-बल्लम सब हैगा हमारे धौरे..."

दद्दा अब वो पुराने वाले महीप नहीं रह गए थे कि ज़ुबान से ज़्यादा हाथ चलै थे। ऊपर से माथे की चोट अब असर दिखा रही थी। सो दस रुपैये थमाए रिक्सेवाले को और जैसा उसने कहा चुपचाप दैनि उतर लिए। इधर-उधर भटके और जब किसी जान-पहचान वाले ने पहचान लिया तो उससे बस इतना कहा—"ससुरा घर नई याद आ रया अपना...तनिक पहुँचा देते तो बड़ा अच्छा रहता..." घर जाके सबको पहचाना। बीवी को। बच्चों के लिए रतौली की रेवड़ियाँ लाए थे वो भी दीं। अफीम से जो भूख खुल आई थी सो सूत के खाया भी। लेकिन लेटे बिना लिहाफ़ के। बोले गर्मी-सी लग रही है। बीवी सोची कि हाँ मौसम तो बदल ही रहा है। लग रही होगी गर्मी तो कुछ ना बोली। सुबह उठी तो देखा दद्दा खुर्री खाट पे सोये हैं। सूटर-वूटर खोला तो खोला नीचे से गद्दा-चादर भी बगेल दिए खाट के नीचे। सुबे-सुबे बच्चों को स्कूल भेजने की मचमच तो जादा ना सोचा लेकिन जब दद्दा ने उसे 'अन्नो' कह के पुकारा तो माथा ठनका। ब्याह के आई थी जब ठाकुरद्वारे में तो लोगों ने ढाँक-छेंक के बता ही दिया था उसे 'अन्नो कांड'। दोपहर तक 'किलयर' हो गया कि दद्दा होश गँवा बैठे हैं। कल शाम वाली बस में एक पहचान की सवारी भी थी जिससे पता चला दद्दा को माथे पे चोट आई थी।

"आगे बैठा था मैं तो...चड़ाक की आवाज़ आई...वो जैसे सूखा कैथा ना फूटे है फेंक के मारो दन्न से तौ...वैसी...वो तौ अगली सीट वाला भोड़ू...मूँगफली खा-खा के छिलके सीट के नीचे बगेल रया मेरा यार...उसी से झोंका-झोंकी चल रई...ना तो हालचाल तो पूछइ लेता...लगै सर पै लगी चोट...ज़बरजस्त!"

डॉक्टर के पास ले गए तो बोला गुम्मड़ पड़ा है ठीक हो जाएगा। अगले दो दिन तक दद्दा अपनी बीवी को अन्नो-अन्नो बुलाते रहे। वैसे भी महीप चौबे अफीम की लत के बाद से अपने ससुराल वालों को नौ की लकड़ी नब्बे का खरच नज़र आने लगे थे। तो तय हुआ कि भाई इनका इलाज इन्हीं के भाइयों के पास ले जा के करवाओ। आने से एक दिन पहले दद्दा को

आधा लकवा मार गया। मैं जब उनसे मिलने उनके घर पहुँचा तो वो बैठक में तखत पे लेटे थे। उनकी दाढ़ी बढ़ी हुई थी और मूँछों पे दोपहर में खिलाया दलिया लगा था।

"ईशान आए हैं..." उनकी अम्मा ने उन्हें बताया तो उनकी आँखें मेरी तरफ़ घूमीं। ऐसी आँखें जिनमें किसी सूखी नदी के बस कछाह बचे होते हैं।

"क्या लेगा ईशान..." बुआ ने पूछा।

"कुछ ना बुआ...मैं तो बस मिलने चला आया..."

"हाँ-हाँ तू मिल...मैं चाय बना के लाती हूँ..."

बुआ चली गईं तो उन्होंने आँखें फेर लीं। मैं उनकी ओर झुक के बोला—"दद्दा...हम बैंक डकैती करने वाले हैं..."

उनकी आँखें झपकीं और होंठों पे एक मुस्कराहट पुरानी यादों-सी चिपक गई। इस पीपलटोले में बाम्मनों के लौंडे ज़िन्दा थे अभी।

20 साल पहले
1974

अन्नो और अंजू छत पे चटाई बिछा के पसर गईं। अंजू नई माधुरी से हीरोइनों की तस्वीरें काटने लगी। कैंची में थोड़ा जंग-सा लग गया था जो तस्वीरों के किनारों को कत्थई कर दे रहा था। अन्नो और अंजू दोस्त भी थीं और दुश्मन भी। कोई भी अगर किसी एक से दूसरे की बुराई करे तो वो उसकी आँखें नोच लें लेकिन अगर तारीफ़ करे तो वहम-सा बैठ जाता था। क्या वाकई में दूसरी उससे ज़्यादा सुन्दर है? क्या वाकई में उसके ऊपर इत्ते लौंडे जान छिड़कते हैं? कोई भी एक नया कपड़ा सिलवाती तो दूसरी ऊपर से तो तारीफ़ करती कि देखो कितना फब रया है तेरे ऊपर। पर मन ही

मन—"कैसा बेलज्जों जैसा कटवा लिया गला...शर्म तो हैई न इसको..." या "देखो ना...किताब देख-देख के फैसन करै हीरोइनों वाला...याँ चलै बिलॉटम और पैन के घूमै सिलैक्स..." अंजू आज सोच के आई थी कि वो अपनी दोस्त को प्रेम का मनोविज्ञान पढ़ाएगी।

"तेरे बाउजी भी...मरी इस कैंची का सरौता बना दिया...कत्था-सुपारी कतरैं क्या?" कैंची का जंग बबीता के बॉब कट पे फैल गया था। अंजू ना जाने कब से सोच रही थी कि ऐसे ही बाल कटवा ले लेकिन डर था कि लड़के तब उसे परकटी कह के चिढ़ाते। वो चौहानों की अंशु पे तो इतनी फब्तियाँ मारीं कि बेचारी गर्मियों में भी सिर पै दुपट्टा रख कै घूमे थी।

"दाऊ दी का तरैं हमें नई तता..." अन्नो चटाई पे धुपीले टुकड़ों की तरफ़ खिसक गई।

"तेरे से एक बात करनी थी..."

"दोल..."

"ये जो महीप हैगा...ये चाहता क्या है तुझसे?"

अब इतने गहरे और दार्शनिक सवाल को बूझने का बूता नहीं था अन्नो के पास। सो वो बोली—"अबती बाल दुड्डू आएगा ना...तो तैती ता देला हईं लागांगे अपनी थत पे उत्के तंग...देतें ता तरता ऐ..."

"मुझे लगता है कि वो तुझसे जोनी मेरा नाम के देव आनन्द जैसा प्रेम करता है..."

"ओ कैता ओता ऐ?"

"उस प्रेम में लड़का दिखाता तो ऐसा है जैसे वो...अब कैसे समझाऊँ..."

"मत तमदा तुत...इततो तौबे ता तब्बे ना बनाया तो मेला नाम अन्नो नई..."

***

उस्तादों ने आके शमीना बानो को बताया कि छुन्नन का पता चल गया है। और क़सम से मेहरबान है ऊपरवाला कि जिन उस्ताद की उँगलियों ने महीनों

से सद्दी नहीं थामी वो आज बाम्मनों के किसी लौंडे से पेच लड़ाने वाली हैं। ये उस्ताद अपने फ़न के कम और ज़ुबान के ज़्यादा उस्ताद थे। नवाबी परवरिश ने इन्हें निकम्मा कर दिया था। बस बातें बनवा लो।

"यो जो लौंडा है बाम्मनों का...अजी पूछौ मत...कहते हैं कै ऐसी ढील देता है कै पतंग ससुरी बादलों में जा घुसै..." एक बोला।

"व्हाट नॉनसेंस..." शमीना बानो चहक के बोलीं। उनके शब्दों और उनमें छिपे भाव में हमेशा 36 का आँकड़ा होता था। सामने वाला समझ ही नहीं पाता था कि वो चहक रही हैं या बहक रही हैं।

"नोनसेनस ही हैगी...बादलों में घुसेगी तो गीली हो जाएगी...और गीली पतंग किस काम की? लेकिन कैवें...है बड़ा जब्बरजांट...ढील देते देते...चरखी से चरखी बाँध देता हैगा...एक बार तो दस चरखी खुल गईं... ससुरे का हाथ ना थमा..."

शमीना बानो कन्फुसा गईं—"तो किससे मिलें...छुन्नन उस्ताद से या इस लड़के से?"

"अब उस्ताद तो उस्तादई है...मिलेंगे तो उस्ताद सेई..."

***

महीप ने वोई सब किया जो छुन्नन ने बताया था। फूल बटन छाप सद्दी ली जो पतंग को एकदम सुद्ध खड़ी रखे। पतंग बस उँगलियों के बल ठुमके लेकिन हवा कैसी भी हो उसे इधर-उधर लहराना नहीं था। वैसे तो छुन्नन की काट किसी भी माँझे पे भारी पड़ती थी और वो चाहते तो महीप को कोई रद्दी सा माँझा लेने को कहते। लेकिन पूरे डेढ़ महीने बाद वो मैदान में उतर रहे थे और वो चाहते थे कि टक्कर काँटे की हो। इसलिए महीप के लिए संभल का काला माँझा चुना गया।

महीप ये सब साजो-सामान लेके घर पहुँचा तो वहाँ रेड़ा-सा मचा हुआ था।

20 साल बाद
1994

उस दिन सुबह हम तीनों को एक साथ नहीं निकलना था। उत्तर-पूरब में जहाँ ठाकुरद्वारा ख़त्म होता है वहाँ अगर आगे बढ़ते जाओ तो एक मैदान आता है जहाँ हर साल सावन में तीज के दिन एक गँवारू-सा मेला लगता है। उस मैदान को पार करके और आगे बढ़ो तो घूमकर कुड़का आ जाती है। सावन के दिनों में कुड़का अपने पूरे उफान पे होती है लेकिन बाक़ी साल कुछ-कुछ जगहों से उसे आप बग़ैर भीगे पार कर सकते हैं। और फिर शुरू होता है वोई जंगल जो ख़तम होता है रतूपुरा पे। रजिन्दर चुराई हुई गाड़ी लेके पहुँचने वाला था। दिनेश ने तय किया था कि वो बस से पहुँचेगा। मैं 6 बजे ही घर से पैदल निकल लिया। रास्ते में मैंने एक लकड़बग्घा देखा। उसने मुझपे हमला तो नहीं किया लेकिन काफ़ी देर तक मेरा पीछा करता रहा। एहतियात के लिए मैंने एक सूखी हुई टहनी उठा ली। कुड़का से क़रीब आधे कोस पे वो वापस जंगल में चला गया। आधे घंटे बाद ही मुझे चयास लगने लगी। रतूपुरे के तिराहे पे जब मैं पहुँचा तो कोई नहीं पहुँचा था। हमने तय किया था कि आज की सुबह हम रतूपुरे में किसी को भी अपना चेहरा नहीं दिखाएँगे। मैंने अपने चेहरे पे मफलर लपेटा और बैंक के ठीक सामने चाय की एक गुमटी पे जाके चाय पी। कोई पौने आठ पे दिनेश भी हाईवे से चलता हुआ आ गया। उसने भी गुमटी पे मफलर लपेट के चाय पी लेकिन हम दोनों ऐसे बैठे रहे जैसे एक-दूसरे को जानते ना हों। जब नौ बज गया और रजिन्दर नहीं दिखा तो हम दोनों आँखों के इशारों पे उठ के तिराहे से दूर खेतों की तरफ़ जाने लगे। एक क्लर्क और चपरासी बैंक के बाहर मैनेजर का इन्तज़ार कर रहे थे। हम मोड़ तक ही पहुँचे थे कि रजिन्दर गाड़ी लेके आता दिखाई दिया। हमारे पास पहुँच के उसने गाड़ी रोक दी और चिल्लाया—"घुस लौ घुस लौ!"

हमारे बैठते ही वो फिर से चिल्लाया—"पैन लो पैन लो!"

"अबे तो चिल्ला काए कू रया है..." दिनेश ने गाड़ी की सीट के नीचे से एक थैला खींच के उसमें से तीन काले कपड़े के मास्क निकाले। ये आइडिया मेरा था। 86 में नैनीताल के कैपीटॉल में एक फ़िल्म आई थी 'थीफ'। उसमें माइकल केन और उसके साथी ऐसे ही मास्क पहन के डाके डालते थे। प्रियंवदा को इस तरह की फ़िल्में पसन्द नहीं थीं और जब उसके पॉपकॉर्न्स ख़तम हो गए तो वो मेरे कन्धे पे सिर रख के पूरी फ़िल्म भर सोती रही।

"अभी मैनेजर नहीं आया है..." मैंने रजिन्दर को बताया।

"अभी उतरा है बस से...उसी बस के पीछे-पीछे तो आ रिया था मैं..."

हमने मास्क पहन लिए। मैनेजर के बैंक पहुँच के शटर खोलने तक हमने इन्तज़ार किया और फिर रजिन्दर धीमे-धीमे गाड़ी को बैंक की तरफ़ ले जाने लगा। गॉर्ड अभी तक नज़र नहीं आया था।

"गॉर्ड नहीं आया अभी तक..." मैंने रजिन्दर को बताया।

"अच्छा है भोड़ू का लुगाई के संग चिपका हो..."

"और जो वो पीछे से आ गया तौ?"

"तौ ईशान बाबू...आप खड़े रओ बाहर...और हम जाकै लूटैं बैंक... जो ना दिक्खा वो भोसड़ीवाला तौ जै जै गंगे...और जो दिख गया तौ..."

"तेरा मतलब यो बाहर खड़ा रहेगा नक़ाब पहन के? इस्सै अच्छा तौ भौंपू लगा कै आता इस गाड़ी पै...कि हाँ हम डकैती डाल रये हैं..."

"अरे कुछ ना होगा...दो मिंट-पाँच मिंट...बस..."

रजिन्दर ने गाड़ी बैंक के बाहर रोकी और ज़ोर से चिल्लाया—"बोलो कुड़का मैया कीईईईह्यह्यह्यह्यह्य..."

मैं और दिनेश दोनों चिल्लाए—"जैह्यह्यह्यह्यह्य..." लेकिन दिनेश की आवाज़ में दम नहीं था।

मैं नक़ाब पहना बाहर खड़ा हो गया। आधे ही मिनट बाद एक फायर की आवाज़ सुनाई दी। मेरा दिल ही बैठ गया। लगा कि रजिन्दर ने मैनेजर को गोली मार दी होगी। फिर अगले दस मिनट तक कुछ नहीं हुआ। बैंक के बड़े दरवाज़े पे धूल में लिपटा भूरा काँच था और अन्दर कुछ दिखाई नहीं दे रहा था। गॉर्ड अभी तक नहीं आया था। लगभग दस मिनट बाद ये दोनों अन्दर

से थैलियाँ उठाए भागते हुए बाहर आए और गाड़ी में घुस गए। मेरे घुसते ही रजिन्दर ने गाड़ी भगा ली।

***

कोई हंगामा नहीं मचा कोई शोर नहीं हुआ। हम तीनों इतने हैरान कि पूछो मत। मुरादाबाद एडिशन के अमर उजाला के तीसरे पन्ने पे बस एक छोटी सी न्यूज़ छपी—'रतूपुरा गाँव में बैंक डकैती : लुटेरे 84 लाख लेके चम्पत।' इसी को पढ़ के हमें भी पता चला कि हमने कितने रुपैयों की डकैती डाली थी वरना पेड़ की उस खोह में थैलियों को पत्तों और सूखी टहनियों से ढकने के बाद किसको पड़ी थी कि बैठ के पैसे गिने। रतूपुरा यूँ तो ठाकुरद्धारा में आता था लेकिन था काशीपुर के पास। और शायद फैक्टरियाँ दिल्ली वालों की थीं तो केस काशीपुर में दर्ज हुआ और वहीं की पुलिस छानबीन भी कर रही थी। किसी ने नहीं सोचा कि ठाकुरद्धारे में आके भी पूछताछ की जाए।

दो दिन बाद ज़रूर आई पुलिस और वो भी रात के दो बजे। मेरे घर के नीचे।

20 साल पहले
1974

गत्तों अपने पति से झगड़ा करके अपने बच्चों को उठाए मायके पहुँच गई थी। पूरा घर मिल के गत्तों की ससुराल वालों को लानत-मलामत भेज रहा था। महीप को देखते ही सबने उसे घेर लिया।

"इनकी अकल ठिकाने लगानी होगी," अम्मा ने अपने नाती के चेहरे से रेंट पोंछते हुए कहा। दूसरा नाती चौके से एक थाली और रमचा उठा लाया

था और मन्दिर की घंटियाँ बजा रहा था। तीसरा वाला भी इधर-उधर कुछ करतब दिखाने के लिए ताक रहा था। तीन साल में तीन-तीन लाल-छौने कर के गत्तों ने अपनी बुरी हालत कर ली थी और अब जीजा जी इधर-उधर मुँह मारते घूमते थे।

"अरे भाई...ससुराल का मामला है...सोच-समझ के करो जो करना है..." बाउजी को डर लगा रहता था कि गरम खोपड़ियों वाले इस परिवार ने अगर कुछ ऐसा-वैसा कर दिया तो कहीं ब्याह के भेजी लड़की पीहर आके ना बैठ जाए।

"हम तो सोच-समझ ही रहे हैं तीन साल से! अब आपके बेटे जाएँ और अपने जीजा को समझा के आएँ!" अम्मा ने महीप की तरफ़ देखकर कहा। लेकिन महीप को अभी प्रेम पत्र लिखना था।

"बस दो घंटा दै दो...कुछ ज़रूरी काम है..." कह के महीप पतंग-चरखी-माँझे के साथ छोटे भाई की एक नोटबुक और पेन भी ले के छत पे गया।

***

धतूरे वाले मैदान में अभी कोई ना था। चूड़ियों का बक्सा एक तरफ़ रख छुन्नन ने महीप की दी पतंग और उसके साजो-सामान को देखा। कन्नियाँ झपक के पतंग की चाल देखी। इसे दो चिप्पी दाएँ और एक चिप्पी मुड्ढे पे चईये होगी। माँझे पे हाथ फिराया तो उँगलियों में धड़कनें बढ़ गईं। भीतर जो कुछ भी जमा हुआ था वो पिघल के बहने लगा। लगा जैसे जिस्म हल्का हो रहा है।

***

जीने की सबसे ऊपरी सीढ़ियों पे हाथ में नोटबुक और पेन लेके बैठा महीप सोच रहा था कि कैसे शुरू करे। प्रेम पत्र तो छोड़ो उसने अपने मन से कभी कैसा भी कुछ नहीं लिखा था। हमेशा नक़ल मार के पास हुए। जब बोर्ड का सेंटर मुरादाबाद में पड़ा और नक़ल काम ना आई तो उत्तर पुस्तिका

में लिख दिया—"मेरा भला करोगे तो आपका भी भला होगा। जय सिया राम।" इस प्रेम पत्र को लिखने में इसलिए भी दिक़्क़त हो रही थी क्योंकि महीप अन्नो से प्रेम करता ही नहीं था। वो उसे सिर्फ़ चाहता था। इस पत्र के ज़रिये महीप अन्नो को धोखे में भी नहीं रखना चाहता था। 'तुमसे प्यार करता हूँ" कहने से अगर वो चिपक ली तो बेकार का बखेड़ा। बहुत सोच-विचार के बाद महीप ने नोटबुक के एक-एक पन्ने पे लिखा—"अन्नो मेरी जान..." अब आगे क्या?

***

छुन्नन को देख के आसपास के कुछ लौंडे-लपाड़े इकट्ठे हो गए। छुन्नन माँझे पे कुछ मल रहे थे। लौंडों को देखा तो ख़ुश हो गए। कदरदां हों तो लटके-झटके दिखाने में भी मज़ा आता है। उन्होंने एक सबसे कम उमर के लड़के को बुला के पतंग उसे थमा दी—"जरा छुटकैया तौ देओ पैलवान..." वो छुटकू थोड़ी देर तलक आँखें मिचमिच करता खड़ा रहा। क्या वाकई में आज वो छुन्नन की पतंग उड़वाएगा।

***

महीप ने अपनी पतंग की कन्नी पे प्रेम पत्र बाँधा और फिर उँगलियों से उछाल के पतंग को नापा-तौला। अगर बाईं तरफ़ तीन चिप्पी ना लगाएँ तो सुब्ध नहीं खड़ी होगी पतंग। ऊपर देखा तो छुन्नन का हरा चाँद बढ़ आया था। सामने देखा तो अन्नो अपनी दोस्त के साथ चटाई पे पसरी हुई थी। महीप जीने से चिप्पी लेने भागा।

***

हर दस क़दम पे शमीना बानो की रोल्स रॉयस गड्ढे में चली जाती थी। साढ़े छै लाख की गाड़ी और देखो उसका ये हाल। भाईजान फिर से एम. पी. बन

गए तो यहाँ की सड़कें ज़रूर ठीक करवा देगी। यहीं की क्यों। जहाँ जाओ यई हाल है। ख़ैर चलो वो सामने ही तो दिख रहा है मैदान। कोई पतंग भी उड़ा रहा है। ज़रूर छुन्नन मियाँ ही होंगे। देखो ना कितने तमाशबीन खड़े हैं उनके चारों तरफ़।

***

महीप ने झपिया-झपिया के पतंग उठाई। माँझे और सद्दी की गाँठ जब निकल गई तो पतंग एकदम सुद्ध खड़ी होने लगी। आज हवा अन्नो के घर की तरफ़ नहीं थी लेकिन इतना पतंगबाज़ तो महीप भी था कि ठीक उसकी छत के ऊपर जाके थाम ली।

***

शमीना बानो आगे-आगे और दोनों उस्ताद पीछे-पीछे। रुखसाना का लंच याद आते ही शमीना के पैर और तेज़ हो गए। और तभी वो ज़ोरदार धमाका हुआ। बिलकुल वैसा जैसे किसी ने सैकड़ों टिन की पतरियाँ खड़खड़ा दी हों। छुन्नन लहराए और पतंग उनकी उँगलियों से छूटने लगी। चारों तरफ़ गाढ़ा भूरा धुआँ।

***

छुन्नन की पतंग तेज़ी से नीचे आ रही थी। महीप ने सद्दी को कस के पकड़ा। उसे पता था छुन्नन का वो टेढ़ी काट वाला दाँव। बस एक सेकंड और फिर उसकी पतंग कट के अन्नो की छत पे गिर जानी थी। लेकिन छुन्नन की पतंग ऐसे लहरा क्यों रही है? अरे! ये तो ऐसे डोल रही है जैसे कट गई हो। महीप को यक़ीन नहीं हो रहा था। क्या उसने छुन्नन की पतंग काट दी?

***

सूखे कुएँ के पास पुराने बर्तनों के बदले में नमक बेचने वाला सत्तू ढोलकिया अभी पीपलटोले में दाखिल हो ही रहा था कि उसने भी वो धमाका सुना। और फिर तीन लड़के सरसर-सरसर अपनी साइकिलें लहराते दिखे। तीनों के मुँह पे मफलर थे। उनमें से एक खखारा और थूकने के लिए मफलर को हटाया। ये बैगन महाराज का लड़का आख़िर इतनी तेज़ी से जा कहाँ रहा है? बस ये सवाल आया सत्तू के मन में।

***

चूड़ियाँ, छर्रे और कीलें छुन्नन के जिस्म में घुस के ख़ून बगेल रहे थे। धूल और धतूरे के गूदे में सने दोनों उस्ताद शमीना बानो को पकड़ के पीछे खींच रहे थे। लेकिन शमीना छुन्नन की देह पे झुक के पूछे जा रही थी—"उस्ताद! क्या मिलाते हो अपने माँझे में?"

20 साल बाद
1994

मैं छत वाले कमरे में घोड़े बेच के सोया था और सपनों में भी घोड़े ही बेच रहा था। पता ही नहीं चला कि कब डेढ़ मंज़िल नीचे पुलिस आई और उसके पति को पकड़ के ले गई। अपनी बिटिया को मेरी मम्मी के हवाले कर के वो भी पुलिस थाने भागी। अगले दिन शाम को वो दोनों लौट आए। मैनेजर को सिर्फ़ पूछताछ के लिए ले जाया गया था लेकिन पुलिस के तरीक़े कि जो काम दिन में हो सकता था उसके लिए रात में आए। ज़्यादा शक उस गार्ड पे किया जा रहा था जो ड्यूटी पे आधा घंटा लेट आया था। सुनते हैं उसकी तुड़ाई भी की पुलिस ने लेकिन बेचारा जब कुछ जानता ही नहीं था तो बताता क्या।

एहतियात के लिए हम दोनों डकैती के एक दिन पहले से नहीं मिल रहे थे। और मैं अभी भी कुछ दिन तक नहीं मिलना चाहता था। लेकिन रजिन्दर और दिनेश ये जानने के लिए बेचैन हो गए कि पुलिस ने क्या-क्या पूछा और मैनेजर ने उन्हें क्या बताया। जैसे ही अगले दिन मैनेजर रतूपुरा के लिए निकला मैंने उसे घेरने की कोशिश की लेकिन उसने मना कर दिया। वो घबराई हुई लग रही थी। येई बात मैंने रजिन्दर और दिनेश को बताई तो उन्हें लगा कि अब तो मिल के जानना और ज़रूरी है। पता नहीं कौन-सी ऐसी बात हो जो हमें जेल तक पहुँचा दे। मैंने उन दोनों को बिठा के हर सवाल कम से कम दस बार पूछा।

"तुम दोनों अन्दर गए तो क्या हुआ?"

"कुछ नहीं...वोई जो सोचा था...हमें देख के वो तीनों डर गए..."

"इसने कट्टा भी निकाल लिया था..."

"मैं मैनेजर को बोला...चूतड़दास...ऐसे क्या देख रया है...वो खोल...वो सामने जो रख रक्खी है अपनी अम्मा की तिजोरी..."

"वो बेचारा गया उधर को और..."

"साला हग रया था पतलून मेंई..."

"बोला यो नम्बर से खुलै..."

"मैंने कहा नम्बर से खोल या जौ से भी खोल...तू खोल...या तू बोलै तो धोती खोलूँ तेरी..."

"उसने कहा नम्बर से खुलै और नम्बर हैगा नई याद..."

"तो फिर मैंने किया...फैर..."

"और उसे नम्बर फ़ौरन ही याद आ गया..."

"बस और क्या? थैलियाँ उठाईं...जित्ती भी थीं ससुरी...यार यो वेट ना होता जादा नोटों का...मैंने कहा कहीं साले कुछ हज़ार ही ना निकलें..."

"बस योई सब हुआ वहाँ तो अन्दर...तू खड़ा था बाहर...तेरे धौरे तो ना हुआ कुछ?"

अगले दिन सुबह-सुबह बेमौसम की बूँदा-बाँदी हुई। बस इतनी भर कि ज़मीन की भभक बाहर आ गई। दोपहर तक गर्मी और उमस ऐसी हो गई कि लोगों को पंखे खोलने पड़े। मैं छत वाले कमरे में ही बिना पंखे के

पड़ा रहा। गाँजा, उमस और कतरा-कतरा नींद। इसी...बार-बार टूटती नींद में मैंने एक सपना देखा। दो पतंगें आपस में उलझी हुई और मैं चने का सूखा झाड़ लेके आसमान की तरफ़ आँख उठाए भाग रहा हूँ। उस सूखे कुएँ से होके गुज़रता हूँ तो बूढ़ा चचींड़ा उसकी मुँडेर पे बैठा है। रोता हुआ। "मैं इस कुएँ में गिर गया बेटा...ग़लती से...मुझे निकाल...मुझे बचा ले..." मैं उस बूढ़े से कहता हूँ—"तुम तो गिर के मर गए बाबा...अब क्या करोगे निकल के..." और मैं भागता-भागता धतूरे के उस मैदान में पहुँच जाता हूँ जहाँ छुन्नन उस्ताद पतंग उड़ा रहे हैं। मैं उनसे चिल्ला के कहता हूँ—"देखो! देखो!! अपनी पतंग की सद्दी देखो..." उनकी पतंग की सद्दी से चूड़ियाँ लटक रही हैं। उलझी हुई एक पतंग लहरा के कटती है। बाम्मनों के सैकड़ों लड़के उस पतंग को अपने-अपने जनेऊ में फाँसना चाहते हैं। एक अजीब सा घमासान मचा हुआ है।

***

मेरी नींद खुली तो देखा पानी से तरबतर दिनेश कुछ चिल्ला रहा था। पहले तो कुछ समझ में नहीं आया। कहाँ हूँ। ये दिनेश इतना भीगा हुआ क्यों है। फिर वो मुझे खाट से उठा के कमरे से बाहर ले गया। भयानक बारिश हो रही थी।

रजिन्दर ने डकैती वाले दिन ही खरीदी हुई गाड़ी को ठिकाने लगा दिया था। फ़िलहाल हम तीनों उसकी रज्जो पे, बारिश में भीगते, तीज के मेले वाले मैदान की तरफ़ से उस जंगल की तरफ़ जा रहे थे। खोह में रखी वो थैलियाँ अब तक कहीं पानी में ना डूब गई हों। कुड़का पे पहुँचे तो वो तीन घंटे की बारिश में ही पूरे उफान पे थी। रज्जो को पानी में नहीं घुसाया जा सकता था। रज्जो को इसी किनारे पटक हम कन्धे-कन्धे पानी में घुस गए। किनारे पे इतनी कीचड़ थी कि हम जब बाहर आए तो एकदम काले-भूरे। अन्धड़ भी चलना शुरू हो गया था। रास्ता पता था लेकिन बारिश-अन्धड़ की ऐसी चादर तन गई थी कि कुछ सुझाई ही नहीं दे रहा था। हम एक तरफ़ घूमने लगे तो रजिन्दर कुछ चिल्ला के बोला जो सुनाई नहीं दिया।

"क्या?" दिनेश ने भी चिल्ला के पूछा। रजिन्दर ने फिर कुछ कहा लेकिन इस बार वो अन्धड़ में नहीं एक धमाके में खो गया। एक पल के लिए मुझे लगा जैसे बिजली गिरी है और दूसरे ही पल मैं हवा में उछला और कीचड़ से लबालब एक गड्ढे में जाके गिरा। दाएँ कन्धे में एक चीस-सी उठी और मेरी आँखें मुँदने लगीं।

पता नहीं मैं कितनी देर उस गड्ढे में पड़ा रहा। बारिश अब थम गई थी। सामने गड्ढे के ऊपर वो दोनों खड़ी थीं। वो और मास्टरनी। मास्टरनी के कूल्हे से एक दुनाली टिकी थी।

***

कुछ ही दिन पहले की तो बात है जब मैंने दुखी होना सीख लिया था। मैं बहुत ख़ुश भी तो होता तो दुख की एक बारीक-सी लसलसाहट उन सुखों को थामे रहती। धीरे-धीरे मैंने हवा से दुख पैदा करने की तरतीबें जान लीं। कहीं भी बस एकटक देखते रहने से मन के भीतर पथरायापन फैल जाता। कोई हँसता तो उसके फैलते-सिकुड़ते होंठों को मैं मन ही मन में स्थिर कर देता और फिर उनको अपने हिसाब से तोड़-मरोड़ कर एक नए मायने देता। ये लत इतनी बढ़ गई कि दुख के बग़ैर सुख भी महसूस नहीं होता था। नैनीताल और ठाकुरद्वारा के बीच लाल पलाश का एक जंगल है। मुझे ढंग से याद नहीं पर शायद वो चुभने वाला गुलाबी जाड़ा था। पतझड़ बस जा ही रहा था और जंगली ज़मीन पे सूखे पत्तों की जूतों के नीचे आने वाली आवाज़ में अब वो कड़कड़ाहट नहीं रह गई थी। और तब मैंने पहली बार वो आवाज़ सुनी। कोई और सुनता तो बस इतना—'टीवी टी टुट टुट।' लेकिन मेरे लिए वो दिन—16 नवम्बर, 1993—मेरे लिए वो दिन मेरा सब कुछ बदल देने वाला दिन था। मैंने ऊपर देखा। सनोबर के ठूँठ की एक नंगी फुनगी पे बैठे उसने फिर से पूछा—"तो तुम आ ही गए?" रतूपुरे वाली बैंक डकैती अभी एक साल दूर थी। ज़िन्दगी के वीराने ढूह अभी कोसों दूर थे। कीचड़ के ऊपर ख़ून उगलता मैं और मेरी मौत भी बहुत दूर थे। अभी तो मेरे फेफड़ों में पलाश से भरी हवा थी और

पैरों में वो उछाह था जो सपनों से आता है। मैंने उसको जवाब दिया—"टुट टुट टीवी टी टुट टुट।"

वो चिड़िया आज मेरे उस कन्धे पे बैठी कुछ कह रही है जिसे थ्री नॉट थ्री ने मेरी छाती से उखाड़ दिया है। ये असली का दर्द है। सुन्न दर्द। मास्टरनी से वो दुनाली उसने अपने हाथों में ले ली है और मैं उसे बस एकटक देख रहा हूँ। ना मन के भीतर कोई पथरायापन है और ना ही कोई हँस रहा है। लेकिन फिर भी दोनों महसूस हो रहे हैं—दुख और सुख। आपस में गड्डमड्ड। और फिर अगले ही पल सब एकदम साफ़ हो जाता है। चलो ये मेहरबानी तो उसने की। कम से कम इस पहेली को समझा तो दिया। वो हँसती है और मुड़कर मास्टरनी को अपनी ओर खींच लेती है। दोनों एक-दूसरे को चूमते हैं। एक पल के लिए मैं उससे नज़रें हटा लेता हूँ। मेरे बगल में ख़ून से तरबतर दिनेश और रजिन्दर पड़े हैं। लेकिन उनका ख़ून पपड़ी बन चुका है। और दूसरे ही पल मैं फिर से उसकी तरफ़ खिंच जाता हूँ। मास्टरनी की हथेलियाँ उसके बदन पे कुछ ढूँढ़ रही हैं। क्या? प्यार? मर्दों की दुनिया में मिले धोखों का जवाब? या सिर्फ़ सुख?

मास्टरनी को छोड़कर वो गड्ढे में पैर रखती है। दुनाली लिए-लिए वो मेरे ऊपर झुकती है। उसकी आँखों में शैतानी है। मैं पूछना चाहता हूँ कि वो स्वेटर कब तक बुन पाओगी। बहुत ठंड लग रही है।

"आय एम सोरी...मास्टर जी..."

दुनाली छूटती है। मेरी पलकों पे गहरी नींद उतर रही है। जब मैं मुँद जाऊँगा तो ये चिड़िया मुझे छोड़कर किसी और को ढूँढ़ेगी। आल द बेस्ट दोस्त! तुम जो भी हो। क़सम कुड़का की—मज़ा आएगा।

✪✪✪